A. HAMILTON

HISTOIRE

DE FLEUR D'ÉPIN

SUIVIE DE FRAGMENTS CHOISIS DES

MÉMOIRES

DU CHEVALIER

DE GRAMMONT

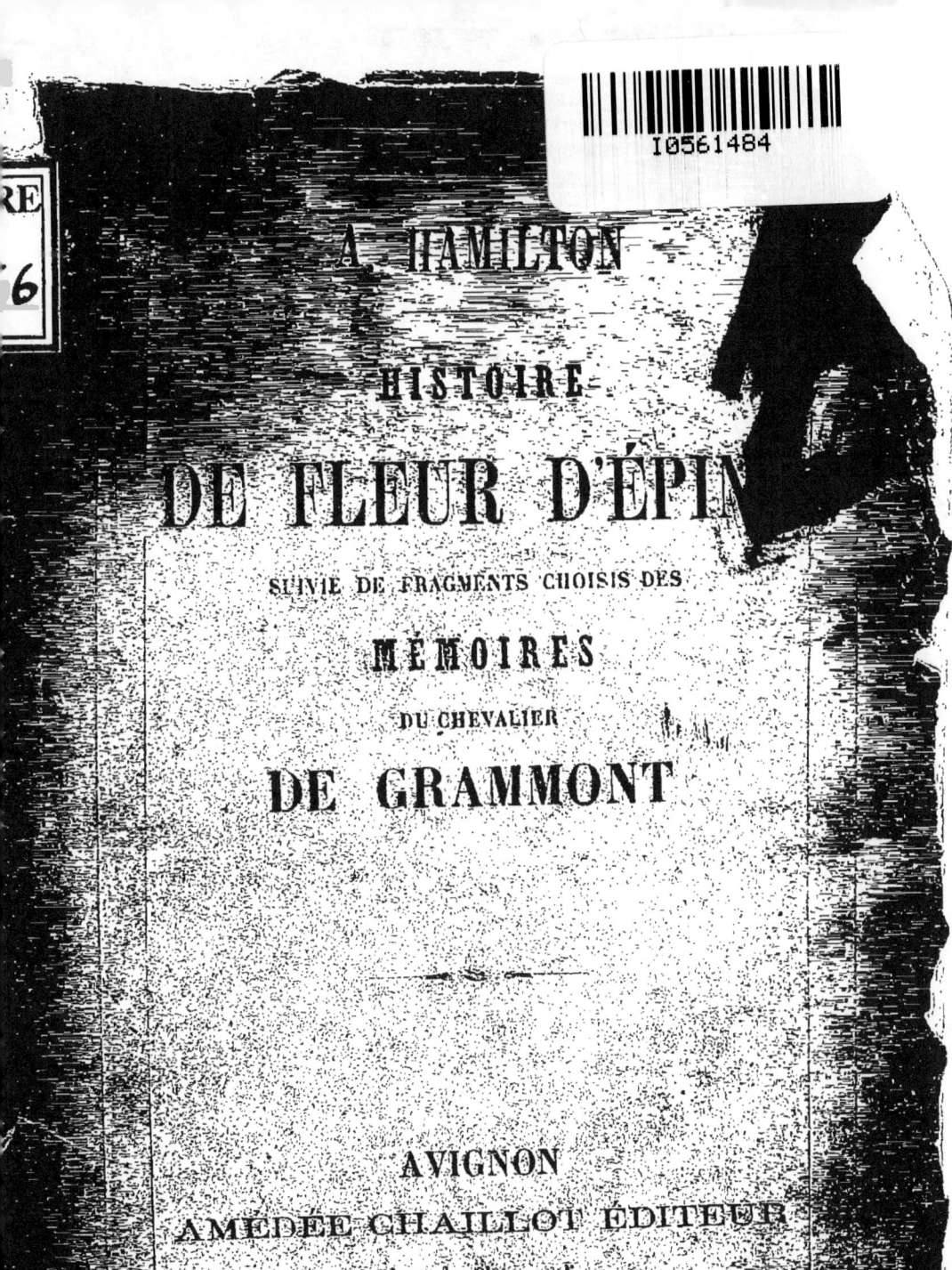

AVIGNON
AMÉDÉE CHAILLOT ÉDITEUR
Place du Change, 5

OEUVRES

D'HAMILTON

A. HAMILTON

HISTOIRE

DE FLEUR D'ÉPINE

SUIVIE DE FRAGMENTS CHOISIS DES

MÉMOIRES

DU CHEVALIER

DE GRAMMONT

AVIGNON

AMÉDÉE CHAILLOT ÉDITEUR

Place du Change, 5.

1864

COLLECTION

LITTÉRAIRE AMUSANTE

éditée pour tous

par AMÉDÉE CHAILLOT, Place du Change, 5

A AVIGNON

à 1 *franc le Volume.*

LES VOYAGEURS AMUSANTS, Racine, Lafontaine, J. J. Rousseau, Chateaubriand, Lefranc de Pompignan, etc.

CONTES FANTASTIQUES, par Apulée, Hoffmann, Walter Scott, Byron, etc.

CONTES MORAUX, par *Mme de Genlis*, précédés d'une Notice sur l'Auteur.

LES CONFESSIONS, par *Saint Augustin*, précédées d'une Notice sur ses écrits, et suivies d'un Appendice sur sa vie.

L'ÉPICURIEN, par *Thomas Moore*, précédé d'une Notice sur l'Auteur.

LE TALISMAN, Conte des Croisés, par *Walter Scott*, 2 volumes.

HISTOIRE DE FLEUR-D'ÉPINE, et Extraits des **MÉMOIRES DE GRAMMONT**, par *Hamilton*, précédés d'une Notice sur l'Auteur.

LE VOYAGE SENTIMENTAL, suivi de Fragments de **TRISTRAM SHANDY**, par *Sterne*, précédés d'une Notice sur l'Auteur.

LE CONTEUR DE BONNE SOCIÉTÉ, Choix de Récits amusants, de Plaisanteries de bon goût, etc.

La Collection formera une centaine de volumes pris dans les œuvres des meilleurs Écrivains.

Avignon. — Imp. d'AMÉDÉE CHAILLOT, place du Change. 5

NOTICE SUR HAMILTON

—◦◦—

Antoine Hamilton, qui a écrit en français des ouvrages qui le placent à un rang si distingué parmi nos meilleurs prosateurs, n'était cependant français ni de naissance ni d'origine. Il était d'une ancienne et illustre maison écossaise de ce nom, qui existe encore de nos jours, et il nâquit en Irlande vers l'année 1646. Son père était le chevalier Georges Hamilton, et sa mère était sœur du duc d'Ormond, vice-roi d'Irlande, et grand-maître de la maison de Charles 1er. Après que ce malheureux souverain eut péri, victime du fanatisme et de l'ambition des sectaires qui établirent la république en Angleterre, la famille d'Hamilton chercha un asile en France : le jeune Antoine Hamilton n'avait

1

alors que 14 ans, et on ne sera pas surpris qu'il ait pu se familiariser avec la langue française, au point de la manier aussi facilement et aussi finement que s'il était né parmi nous. Ce ne fut qu'en 1660, qu'il rentra dans sa patrie avec Charles II ; mais il n'oublia pas pour cela la culture des lettres françaises. La liaison qu'il contracta plus tard avec l'illustre chevalier de Grammont acheva de donner une tournure toute française aux jeux de son esprit et aux affections de son cœur. Le chevalier de Grammont étant devenu l'époux de mademoiselle Hamilton, ce fut une nouvelle occasion pour le comte Antoine de faire de fréquents voyages en France, pays où le rappelaient sans cesse les goûts et les souvenirs de son enfance.

Pendant toute la durée du règne de Charles II, le comte Antoine Hamilton fut exclu de toutes les professions politiques par sa qualité de catholique. Jacques II, moins scrupuleux que son frère à l'égard des préjugés protestants des Anglais, nomma Hamilton colonel d'un régiment d'infanterie en Irlande et gouverneur de la forte place de Limerick. Entraîné par la chûte de ce monarque, qui sacrifia ses intérêts politiques à ses devoirs religieux, le comte Antoine Hamilton le suivit en exil, et passa le reste de sa vie à la cour de St. Germain. Ce fut là qu'il composa presque tous ses ouvrages et qu'il mourut en 1720, âgé d'environ 74 ans, avec de grands sentiments de dévotion.

Les *Mémoires du Comte de Grammont* qu'Hamilton a rédigés, sont, dit Laharpe, parmi les livres frivoles, un des plus agréables et des plus ingénieux. Toutes les formules d'éloge ont été épuisées depuis qu'on lit ces Mémoires et qu'on les loue.

Le Comte, auparavant chevalier de Grammont arriva à la Cour de Londres, deux ans après la restauration de Charles II. Il était exilé de France, et il venait expier en Angleterre l'audace qu'il avait eue d'être le rival de Louis XIV auprès de mademoiselle de Lamothe-Houdancourt. Le jeu était sa passion la plus impérieuse, comme on peut s'en convaincre par ses mémoires, donc nous donnons tout ce qui n'a pas trait à la galanterie. On prononce presque toujours ensemble les noms d'Hamilton et de Grammont. Il s'est établi une espèce de fraternité de réputation entre le héros et l'historien. Le Comte de Grammont était beaucoup plus âgé que son beau-frère. Il avait 86 ans quand il mourut en 1707. Les récits plaisants qu'il faisait des aventures de sa jeunesse inspirèrent à Hamilton le désir d'en perpétuer le souvenir ; mais son imagination brillante et vive ajouta au fonds de l'histoire beaucoup d'ornements qui lui appartiennent en propre. L'art de raconter les petites choses, de manière à les faire valoir beaucoup, y est dans sa perfection.

Les *Contes* d'Hamilton, sont des récits charmants où l'auteur affecte d'enchérir sur la bizarrerie des fictions et de la pousser jusqu'à la folie ; mais cette folie est si gaie, si piquante, si bien assaisonnée de plaisanteries, relevée par des saillies si heureuses et si imprévues, que l'on y reconnaît à tous moments un homme bien supérieur aux bagatelles dont il s'amuse. Dans *Fleur d'Épine*, que nous donnons dans ce volume, il y a des traits d'une vérité charmante, de l'intérêt dans les caractères et dans les situations. L'objet en est moral, et très-agréablement rempli ;

c'est de faire voir qu'avec beaucoup d'esprit et de courage, un homme, même sans fortune et sans figure, peut vaincre les plus grands obstacles. Le style de ce conte est plein de grâce et de traits heureux.

Hamilton est aussi auteur de poësies légères fort agréables, mais où il a plus prodigué l'esprit que le sentiment.

HISTOIRE

DE

FLEUR D'ÉPINE

CONTE

—⁓◦⧳◦⁓—

La dernière des mille et une nuits.

La belle et malheureuse Schéhérazade, par ce récit, avait fini la neuf cent quatre-vingt-dix-neuvième nuit depuis son mariage ; et le sultan, fidèle à sa prudente habitude, était sorti du lit avant le jour, pour se rendre au conseil avant ses ministres.

Dès qu'il fut sorti, Dinarzade qui, quoiqu'un peu prompte, était la meilleure fille du monde, se mit à dire à la Sultane : Vous avez beau dire, ma sœur, il faut que vous soyez la plus sotte bête de l'univers, sauf le respect de votre rang, de votre érudition, et de votre belle mémoire, pour vous être avisée de rechercher en mariage un animal d'empereur, qui, depuis deux ans que vous lui contez des fables, ne s'est avisé d'autre chose que de les écouter; et des fables qui ne seraient rien, sans la manière vive et légère dont vous les contez; cependant, je vous vois à la fin de votre recueil, et par conséquent, bientôt à la fin de vos jours. L'histoire que vous venez de lui conter est si misérable, qu'il n'a fait que bâiller, et moi aussi, pendant ce long récit. Ma patience, à vous tenir compagnie depuis si longtemps, est une preuve suffisante de ma tendresse : mais je n'en puis plus, et vous trouverez bon, s'il vous plaît, que je m'absente cette nuit, pour donner audience au prince de Trébizonde; s'il s'ennuie auprès de moi du moins ne me coupera-t-il pas la tête, pour avoir passé la nuit sans lui faire un conte; je vous conseille donc d'amuser votre benet de mari, par celui de la pyramide et du cheval d'or, qui vaut tous ceux que vous lui avez faits. Je ne manquerai pas de me rendre ici le lendemain, et dès que le Sultan se sera mis au lit, avant que de vous y mettre, jetez-vous à deux genoux; feignez quelque subite indisposition, et conjurez bien humblement ce vilain bourreau de

trouver bon que je l'entretienne pour la dernière
fois au lieu de vous ; dites-lui bien, que c'est
pour la dernière fois, puisque vous ne demandez
grâce qu'à condition que, si l'histoire que je lui
conterai n'est plus extraordinaire que toutes celles
que vous lui avez faites, il n'aura qu'à vous
étrangler dès le lendemain : mais aussi qu'il vous
donnera la vie, en cas qu'il m'interrompe avant
la fin de mon récit ; je crois qu'il ne refusera pas
ces conditions : car vous savez qu'il est tellement
attentif, quelques pauvretés qu'on lui dise, qu'il
ne vous a jamais interrompue dans aucun de vos
contes.

Ces conventions auraient alarmé tout autre :
mais la merveilleuse Schéhérazade, à qui l'étude
de la philosophie avait appris à ne point craindre
la mort, y consentit.

Elle amusa donc son seigneur pendant la dernière des mille nuits, par le conte du cheval d'or
et de la pyramide ; et dès que la suivante fut
venue, que le Sultan se fut mis au lit, et qu'elle
eut obtenu que sa sœur parlerait pour elle, aux
conditions que nous venons de dire, la prudente
Dinarzade les fit signer au prince, et commença
son récit de cette manière.

Très-illustre , très-religieux et très-clément
empereur qui, n'écoutant que les lois de la justi-

ce, et la bonté de votre naturel, étranglez toutes
vos femmes en haine de la première, et qui sa-
crifiez tant de beautés innocentes, à la mémoire
d'une beauté coupable ; que diriez-vous, seigneur,
vous qui passez pour le plus secret de tous les
princes, et dont les ministres sont les plus impé-
nétrables de tous les ministres, que diriez-vous
de votre esclave, si elle vous informait de ce qui
s'est aujourd'hui passé dans votre conseil ? Tarare, dit le Sultan ! c'est justement cela, poursuivit
Dinarzade, et vous l'allez voir par ce récit : écou-
tez-moi bien, et surtout souvenez-vous de votre
promesse.

HISTOIRE

DE FLEUR D'ÉPINE

—

A deux mille quatre cent cinquante-trois lieues
d'ici, est un certain pays qui s'appelle Cachemire,
beau par excellence. Dans ce pays régnait un
calife ; ce calife avait une fille, et cette fille un
visage ; mais on souhaita, plus d'une fois qu'elle
n'en eût jamais eu ; sa beauté fut supportable
jusqu'à quinze ans, mais à cet âge, on ne pouvait
plus y durer : c'était la plus belle bouche du
monde ; son nez était un chef-d'œuvre ; les lys de
Cachemire, mille fois plus blancs que les nôtres,
paraissaient sales auprès de son teint, et la rose
nouvelle paraissait impertinente, lorsqu'elle paraissait auprès de l'incarnat de ses joues.

Son front était unique en son espèce à l'égard
de la forme et de l'éclat, sa blancheur était relevée par une pointe que formaient des cheveux
plus noirs et plus brillants que du jais, ce qui
lui avait fait donner le nom de Luisante ; le tour

1.

de son visage semblait fait pour l'assemblage de
tant de merveilles : mais ses yeux gâtaient tout.

Personne n'avait pu les regarder assez longtemps
pour en démêler la couleur ; car dès qu'on rencontrait ses regards, on croyait être frappé d'un
éclair.

A l'âge de huit ans le calife, son père, avait
coutume de la faire venir, pour se mirer dans son
ouvrage, et pour faire dire mille pauvretés à ses
courtisans sur ses jeunes attraits ; car dès-lors on
éteignait les bougies au milieu de la nuit, et il ne
fallait point d'autre lumière que celle de ses petits
yeux : mais tout cela n'était, comme on dit, que
jeux d'enfants. Ce fut quand ses yeux eurent pris
toute leur force, qu'il n'y eut plus de raillerie
auprès d'elle.

La florissante jeunesse de la cour y périssait,
et l'on portait chaque jour en terre deux ou trois
de ces petits-maîtres qui s'imaginent qu'il n'y a
qu'à lorgner quand on trouve de beaux yeux ;
ainsi quand c'étaient des hommes qui la regar-
daient, le feu passait subitement des yeux jusqu'au
fond du cœur, et en moins de vingt-quatre heures
on mourait, prononçant tendrement son nom, et
remerciant humblement ses beaux yeux, de l'honneur qu'on avait de mourir de leurs coups.

A l'égard du beau sexe, il en allait autrement ;

celles qui ne rencontraient ses regards que de loin, en étaient quittes pour un éblouissement qui durait toute la vie : mais celles qui servaient auprès de sa personne, payaient cet honneur un peu plus cher ; sa dame d'atours, quatre filles d'honneur, et leur vieille gouvernante, en étaient tout-à-fait aveugles.

Les grands du royaume, qui voyaient éteindre l'espoir de leurs familles, par le feu que cet éclat fatal allumait, supplièrent le calife de vouloir remédier à un désordre qui privait leurs fils du jour, et leurs filles de la lumière.

Le calife fit assembler son conseil pour voir ce qu'il y avait à faire ; son sénéchal y présidait, et ce sénéchal était le plus sot homme qui eût jamais présidé. Le calife n'avait eu garde de manquer à faire son premier ministre d'une tête comme celle-là.

Dès que l'affaire fut proposée, le conseil fut partagé sur les expédients.

Les uns furent d'avis de mettre Luisante dans un couvent, soutenant qu'il n'y aurait pas grand mal, quand trois ou quatre douzaines de vieilles religieuses, avec leur abbesse, perdraient la vue pour le bien de l'état ; d'autres dirent qu'il fallait, par lettre de cachet, lui fermer les yeux jusqu'à nouvel ordre ; quelques-uns proposèrent de les

lui faire crever si adroitement, qu'elle n'en senti-
rait aucun mal ; et s'offrirent d'en donner le
secret.

Le calife, qui aimait tendrement sa fille, ne
goûta aucun de ces conseils ; son sénéchal s'en
aperçut ; il y avait une heure que le bon homme
pleurait, et commençant sa harangue avant que
d'essuyer ses yeux : Je pleurais, Sire, dit-il, la
mort de mon fils le comte, gentilhomme d'épée,
à qui elle n'a de rien servi contre les regards de la
princesse ; on le mit hier en terre : n'en parlons
plus, il est aujourd'hui question du service de
votre majesté, il faut oublier que je suis père,
pour me souvenir que je suis sénéchal.

Ma douleur ne m'a pas empêché d'écouter les
conseils qu'on vient de vous donner, et n'en
déplaise à la compagnie, je les trouve tous imper-
tinents, voici le mien :

J'ai depuis quelque temps un écuyer chez moi,
je ne sais ni d'où il vient, ni ce qu'il est : mais
je sais bien que, depuis qu'il est avec moi, je ne
me mêle plus des affaires de la maison ; c'est un
démon qui fait tout, et quoique j'aie l'honneur
d'être votre sénéchal, je ne suis qu'une bête
auprès de lui ; ma femme me le dit tous les jours.

Or, si votre majesté trouvait bon de le consulter
sur une affaire aussi difficile que celle-ci, je me

persuade qu'elle en aurait contentement. Volontiers, mon sénéchal, dit le calife, d'autant que je serais bien aise de voir un homme qui eût plus d'esprit que vous.

On l'envoya chercher ; mais il refusa de venir, qu'on n'eût renfermé la princesse et ses beaux yeux. Eh bien ! Sire, dit le sénéchal, que vous avais-je dit ? Ho ! ho ! dit le calife, il en sait beaucoup ; qu'on le fasse venir, il ne verra point ma fille ; il ne fut pas longtemps à venir ; il n'était ni bien ni mal fait, cependant, il avait quelque chose d'agréable dans l'air, et d'assez fin dans la physionomie.

Parlez-lui hardiment, Sire, dit le sénéchal, il entend toutes sortes de langues ; le calife, qui ne savait que la sienne, et même assez vulgairement, après avoir quelque temps rêvé, pour trouver un tour spirituel : mon ami, lui dit-il, comment vous appelez-vous ? Tarare, répondit-il. Tarare, dit le calife ! Tarare, dirent tous les conseillers ! Tarare, dit le chancelier ! Je vous demande, dit le calife, comment vous vous appelez ? Je le sais bien, Sire, répliqua-t-il. Eh ! bien, dit le calife ? Tarare, dit l'autre, en faisant la révérence. Et pourquoi vous appelez-vous Tarare ? Parce que ce n'est pas mon nom. Et comment cela, dit le calife ? C'est que j'ai quitté mon nom pour prendre celui-là, dit-il :

ainsi je m'appelle Tarare, quoique ce ne soit pas mon nom. Il n'y a rien de si clair, dit le calife, et cependant, j'aurais été plus d'un mois à le trouver. Eh bien ! Tarare, que ferons-nous à ma fille ? Ce qu'il vous plaira, répondit-il.

Mais encore, poursuivit le calife ? Tout ce qu'il vous plaira, disait toujours Tarare.

Bref, dit le calife, mon sénéchal m'a dit qu'il fallait vous consulter sur le malheur qu'elle a de tuer ou de rendre aveugles tous ceux qui la regardent. Sire, dit Tarare :

> La faute en est aux Dieux qui la firent si belle,
> Et non pas à ses yeux.

Mais si c'est un malheur que d'avoir de beaux yeux; voici, selon mon petit jugement, ce qu'il faudrait faire pour y remédier. La magicienne Serène sait tous les secrets de la nature, envoyez-lui quelque bagatelle d'un million ou deux, et si elle ne vous enseigne un remède pour les yeux de la princesse, vous pouvez compter qu'il n'y en a point. En attendant, je serais d'avis qu'on imaginât quelque coiffure d'un beau vert, pour y enfermer les cheveux de Luisante; car je me trompe fort, si leur éclat, joint à celui de ses yeux, n'est en partie cause que ses regards sont si dangereux ; et pour lever tous les obstacles, ce sera moi, si votre majesté le trouve bon, qui consulterai la magicienne de votre part, puisque je sais sa demeure.

Le calife le trouva fort bon; il fut chargé d'une bourse de diamants brillants, et d'un demi bois-seau de grosses perles pour Serène, et se mit en chemin, malgré les regrets de madame la séné-chale.

Son voyage fut d'un mois, pendant lequel les yeux de Luisante firent plus de mal que jamais : elle ne s'était pas accommodée de la coiffure verte ; ce n'est pas qu'elle n'eût un peu amorti l'éclat de ses yeux : mais en même temps, son teint en avait pris une légère teinture, qui la mit dans une telle colère, qu'elle la jeta au nez de sa dame d'atours, après l'avoir arrachée ; et ses yeux en étaient devenus plus méchants que jamais.

Le calife faisait faire, et processions, et prières publiques, pour qu'il plût au ciel de regarder en pitié son pauvre peuple, ou d'empêcher que sa fille ne le regardât, quant Tarare revint : et voici ce qu'il dit au calife, séant en son conseil.

Sire, la magicienne Serène vous fait ses com-pliments : mais elle vous remercie de votre pré-sent, dont elle ne veut point ; elle dit qu'elle a le secret de rendre les yeux de la princesse aussi

traitables que ceux de votre majesté, sans leur
ôter de leur éclat, pourvu que vous lui fournissiez
quatre choses. Quatre, dit le calife ! Quatre cents,
si elle veut, et.... Doucement, s'il vous plaît, Sire,
dit Tarare. La première de ces choses, est le
portrait de Luisante ; la seconde, Fleur-d'Épine ;
l'autre, le Chapeau lumineux ; et la dernière, la
Jument sonnante. Que diable est-ce que tout
cela, dit le calife ? Je vais vous l'apprendre, Sire.

Serène a une sœur qui s'appelle Dentue, presqu'aussi savante qu'elle : mais comme son art ne
lui sert qu'à nuire, elle n'est que sorcière ; au
lieu que l'autre est une honnête magicienne : or,
la sorcière enleva la fille de Serène, quand elle
n'était qu'un enfant : mais à présent qu'elle est
grande, elle la tourmente nuit et jour pour lui
faire épouser un petit monstre de fils qu'elle a.
C'est cette fille qui s'appelle Fleur d'Épine, et qui
est au pouvoir de la sorcière ; elle a de plus un
chapeau si chargé de diamants, et ces diamants
sont si brillants, qu'ils jettent autant de rayons
que le soleil. Outre tout cela, elle a une jument
qui, à chaque crin, a une sonnette d'or, dont le
son est si harmonieux, qu'on entend une musique
ravissante dès qu'elle remue.

Voilà, Sire, les quatre choses que vous demande
Serène, vous avertissant que quiconque se met-

trait en devoir de les enlever à Dentue, il serait comme impossible qu'il ne tombât entre ses mains, et que toutes les puissances de la terre ne le sauveraient pas, s'il y était une fois.

Le calife et son conseil se mirent à pleurer, voyant, par la dureté de ces conditions, qu'il n'y avait point de remède à leurs maux. Tarare en fut attendri, et s'adressant au calife : Sire, dit-il, je connais un homme qui serait capable de fournir la première demande, s'il l'entreprenait.

Quoi ! dit le calife, peindre ma fille ! Et qui est le fou qui oserait entreprendre une chose impossible ?

Tarare, répondit l'autre. Tarare, dit le calife ! Tarare, dit le sénéchal avec tout le conseil ! et Tarare, enfin s'écrièrent tous les galopins, qui jouaient dans la cour du palais !

Sire, dit le sénéchal, s'il l'entreprend, il en viendra à bout; et quand cela serait, dit le calife, qui entreprendra le reste ? Moi, dit le téméraire Tarare : mais à condition que, lorsqu'on me nommera par hasard, on me laissera en repos, sans se renvoyer mon nom les uns aux autres, comme autant d'échos, et que, quand la princesse sera dans l'état que vous la souhaitez, il lui sera permis de choisir tel époux qu'il lui plaira.

Le calife lui en donna sa parole, et le sénéchal,

qui aimait à travailler, lui en expédia des lettres-
patentes.

On était en peine de la manière dont il s'y
prendrait pour peindre un visage qu'on ne pouvait
regarder sans en mourir ; on en fut bientôt
éclairci.

C'était un homme qui avait beaucoup voyagé,
et qui trouva dans les curieuses remarques qu'il
avait faites sur chaque pays, que dans celui des
éclipses les gens du pays ne faisaient que teindre
un morceau de verre de quelque couleur sombre,
pour regarder impunément le soleil.

Il se fit sur cette idée des lunettes d'un verre
fort obscur, et les ayant essayées contre le soleil
en plein midi, il se rendit chez Luisante avec ce
qu'il fallait pour la peindre.

Cette témérité la surprit, et, pour l'en punir,
elle ouvrit tant qu'elle put ses beaux yeux : mais
ce fut en vain ; car après avoir examiné toutes les
merveilles de sa beauté à l'abri de ses lunettes,
il se mit à la peindre.

Personne, dans cet art, ne le surpassait, quoiqu'il n'en fît pas profession. Son goût était de la
dernière délicatesse pour tout : mais personne ne
se connaissait si bien en beauté : cependant celle
de Luisante ne fit point dans son cœur le progrès
qu'il avait cru. Sa taille était moins parfaite que

son visage, cela le garantit quelque temps : mais
il fallut céder à la fin. Ce fut alors qu'il mit en
usage tout l'agrément de son esprit pour lui plaire ;
elle ne fut pas insensible aux louanges qu'il donnait à sa beauté, tandis que, sous prétexte de
l'égayer pendant une occupation où la vivacité
s'assoupit d'ordinaire il lui faisait des récits si
agréables de ses voyages, qu'elle l'aurait écouté
toute sa vie. Le peu de brillant de sa figure n'em-
pêcha pas celui de son esprit de faire le même
effet, que s'il eût été le mieux fait de tous les
hommes.

Elle l'aima donc, et fût fâchée que son portrait
fût sitôt fini : mais elle le fut bien plus, quand il
fallut partir pour une aventure aussi périlleuse
que celle qu'il entreprenait.

Elle lui dit en partant, qu'il allait travailler
pour lui-même, en s'exposant pour elle ; puisque,
s'il réussissait, il lui serait libre de se choisir un
époux ; et, s'il ne réussissait pas, qu'elle n'en
choisirait jamais.

En ce temps-là, dès qu'une beauté se sentait
de la tendresse, elle se hâtait de le dire, et les
princesses en étaient tout aussi pressées que les
autres. Tarare se jeta dix ou douze fois à ses
pieds, pour lui marquer un transport qu'il ne
sentait pas : il s'étonna de trouver son cœur si

peu rempli de son bonheur ; car il sentait bien
qu'il n'aimait pas tant qu'il le disait.

Le portrait de Luisante fit l'admiration de toute
la cour ; il était si vivement peint, qu'on avait
peine à soutenir ses regards, quoique ce ne fût
qu'en peinture. Tarare découvrit au calife le secret dont il s'était servi pour peindre sa fille, et
lui laissa ses lunettes pour la voir de temps en
temps, lui recommandant que ce fût rarement,
de peur d'accidents, mais le calife ne profita pas
de cet avis, et s'en trouva mal.

On lui offrit, pour faciliter son entreprise, de
l'argent, et même des troupes ; mais il refusa l'un
et l'autre, se recommanda seulement à la fortune,
et se mit en chemin sans autre secours que celui
de son courage et de son industrie.

Tant qu'il fut sur les terres de Cachemire, ce
ne furent que plaisirs ; les fleurs naissaient sous
ses pas : les pêches et les figues lui tombaient
dans la bouche dès qu'il levait la tête ; les melons
les plus rares s'offraient à lui de tous côtés : un
printemps continuel rendait l'air doux, et le ciel
serein. Avait-il besoin de repos , un vaste oranger
lui présentait, le long d'un coulant ruisseau, son
ombre fraîche et délicieuse, tandis que les oiseaux
l'endormaient par les airs du monde les plus tendres ; car il n'y avait pas un seul rossignol dans

tout le royaume qui ne sût la musique, ni une
fauvette qui ne chantât à livre ouvert; mais dès
qu'il eut passé les montagnes qui enferment de
tous côtés ce charmant pays, il ne trouva que
des déserts, ou des bois pleins de bêtes si sauvages, que les tigres et les léopards ne sont que des
moutons auprès d'elles.

Il fallait cependant traverser ces forêts pour
arriver à la demeure de Dentue.

On eût dit que ces maudites bêtes savaient son
dessein; car au lieu de prendre la peine de venir
à lui, elles ne firent que s'étendre à droite et à
gauche : trois hydres, dix rhinocéros, et quelques
demi-douzaines de griffons, se mirent sur son
passage.

Il savait assez bien la guerre; ainsi, après
avoir examiné leur contenance, il jugea de leur
dessein, et comme la partie n'était pas égale, il
eut recours au stratagème.

Il attendit que la nuit fût venue, faisant bon
guet autour de son camp; et environ, vers la
seconde veille, ayant fait un fagot des branches
les plus sèches qu'il put trouver, il y mit le feu
avec un fusil, le mit au bout d'une longue perche,
et marcha droit aux ennemis. Il sentait bien qu'il
n'aimait pas assez, pour oser invoquer la belle
Luisante; ainsi, sans se recommander à sa divi-

nité, le fier Tarare donna tête baissée dans une
des plus rudes aventures qu'on pût tenter.

Il n'y a point de bêtes sauvages qui soient à
l'épreuve du feu : dès que celles-ci virent la lueur
du fagot ardent, elles commencèrent à s'ébranler ;
il s'en aperçut, poussa de grands cris, et les ayant
écartées, il se trouva hors du bois, à la pointe
du jour.

Il n'osa se reposer près d'un lieu si dangereux,
quoiqu'il en eût grand besoin ; le soleil se levait,
et ses premiers rayons lui firent découvrir quelque
chose de brillant au milieu d'un petit sentier ;
mais, après avoir longtems marché pour arriver
à ce qu'il voyait, cela lui parut toujours à la même
distance : il fut contraint de s'asseoir de chagrin
et de lassitude, et dès qu'il fut sur l'herbe, ce
qu'il avait vu s'éleva dans l'air, et le plus bel oiseau du monde se vint poser sur un buisson, à
quatre pas de lui. Les plumes de ses ailes étaient
or et azur, le reste couleur de feu et blanc, son
bec et ses ongles étaient d'or, il avait la figure
d'un perroquet, hors qu'il paraissait un peu
plus gros.

Tarare, qui le considérait attentivement, fut
charmé de sa beauté ; quelque chose de plus que
la curiosité le pressait d'en approcher, mais il
eut peur qu'il ne s'envolât.

Le perroquet n'y songeait pas ; car après avoir
quelque temps cherché dans le buisson, il en
tira un petit sac qu'il mit à terre ; et l'ayant délié
fort adroitement, il en sortit une pincée ou deux
de sel, qu'il se mit à becqueter, après l'avoir
éparpillé de ses pieds.

Perroquet, mon cœur, (dit Tarare) n'en
mangez pas, cela vous fera mal. Le perroquet fit
un éclat de rire, en le regardant pourtant fort
sérieusement : mon Dieu ! poursuivit l'autre, que
voilà un aimable perroquet ; c'est un phénix.....
Tarare, dit le perroquet , et il s'envola.

Tarare l'ayant perdu de vue, ramassa le sac
de sel, et se mit en chemin le long du sentier où
il était ; il espéra que l'oiseau reviendrait à lui,
puisqu'il emportait sa nourriture. Je ne comprends
pas, disait-il, ce qui peut l'avoir effarouché : mais
d'où vient, jusqu'aux oiseaux, tout répète Tarare,
dès qu'on l'entend prononcer ? Celui-ci l'a pourtant dit de lui-même : mais pourquoi me suis-je
avisé de prendre ce nom en quittant le mien ?
est-ce pour l'aventure des pies ? Mais personne
ne m'en croira, quand je la conterais toute ma
vie, et je ne sais si je la dois croire moi-même qui
l'ai vue.

Il marcha la plus grande partie du jour par
des lieux stériles et inhabités, s'entretenant de

mille différentes pensées, auxquelles Luisante avait souvent part : mais elle n'occupait point son souvenir par ces longues et agréables rêveries où l'on aime à se perdre, quand on aime passionnément, dans ces beaux châteaux en l'air, où les souhaits sont incomparablement mieux logés que le bon sens.

La nuit approchait, il n'en pouvait plus de lassitude et de faim, lorsque, tournant les yeux de toutes parts, il aperçut une méchante chaumière au milieu de quelques broussailles ; il y trouva un bon petit vieillard et sa femme ; du reste, toutes les apparences d'un triste repas et d'un mauvais gîte : mais ayant bien autre chose dans la tête que le faste et la bonne chère, il résolut d'y passer la nuit. Il fut bien reçu ; car il leur donna plus d'argent qu'il n'en eût fallu pour acheter toute la maison. Le fils du logis arriva bientôt après ; jeune gentilhomme aussi délabré qu'on en peut voir.

Il ramenait deux misérables chèvres qui se mêlèrent à la compagnie, n'y ayant point d'autre appartement pour elles. Tarare prit de ces pauvres gens tout ce qu'ils lui purent donner de lumière pour l'entreprise qu'il méditait. Dès que le jour parut, ayant changé d'habits avec le fils, il se mit un emplâtre sur la moitié du visage, acheta les

chèvres, et sans oublier son sac de sel, se mit en
campagne ; il adressa ses pas vers l'endroit d'où
on lui dit, à peu près, qu'il verrait le palais de la
sorcière ; mais ses hôtes lui conseillèrent de n'y
pas aller, à moins qu'il n'y eût bien affaire.

Il n'eut pas marché longtemps, qu'il entendit
une espèce d'harmonie qui devenait plus mélo-
dieuse, à mesure qu'il en approchait : il se douta
de ce qui la causait, et chassant encore quelque
temps ses chèvres devant lui, tandis qu'il obser-
vait tout ce qu'il y avait aux environs, il s'arrêta
dans un petit bocage, au travers duquel coulait
un agréable ruisseau.

Le voisinage d'un lieu dangereux, et l'approche
d'une aventure téméraire, lui causèrent quelques
réflexions et quelqu'émotion, mais ni crainte,
ni repentir.

Il se disait sans cesse :

Ce n'est rien d'entreprendre, à moins que l'on n'achève ;
  Et quand je devrais succomber,
Il est beau qu'un mortel à Luisante s'élève ;
  Il est beau même d'en tomber.

Et un moment après :

  Si je l'entreprends en vain,
Je ne saurais périr pour un plus beau dessein.

Tandis qu'il se fortifiait ainsi par toutes les magnanimités d'opéra qui lui venaient en tête, il vit arriver une personne qui s'empara de toute son attention. A sa fraîcheur, on l'eût prise pour l'aurore d'un jour d'été : à sa taille, pour la mieux faite des déesses : et à sa grâce, pour toutes les grâces assemblées dans une personne.

Elle était simplement vêtue : mais un arrangement naturel, que soutenait un air de propreté, la parait tellement, en dépit de ses habits, qu'elle lui parut une princesse déguisée.

Il la regarda trois fois depuis les pieds jusqu'à la tête, à mesure qu'elle avançait vers le ruisseau ; et trois fois il jura tout bas qu'il n'avait jamais vu de pieds si bien tournés, ni tant d'agréments que dans la figure qu'ils soutenaient.

Il se détourna, faisant semblant de suivre ses chèvres. Elle remplit une cruche qu'elle avait apportée, s'assit au bord du ruisseau, joignit les mains, et se mit à regarder tristement le courant de ses eaux.

Il se rapprocha dans le temps qu'ayant poussé quelques soupirs, elle se mit à dire : Non, jamais créature ne fut si malheureuse : hélas ! poursuivit-elle, puisque je suis assurée que mes malheurs ne changeront que pour augmenter, comment puis-je me résoudre à vivre ? Elle s'arrêta quelque temps après cette réflexion, mais ce ne fut que pour pleurer ; et un moment après : heureux oiseaux, disait-elle, qui n'avez à craindre que les éléments, les hommes et d'autres oiseaux, qui vous font une guerre continuelle, du moins jouissez-vous de la liberté, malgré toutes vos alarmes, et vous n'êtes pas condamnés à la vue éternelle de ce qu'il y a de plus affreux au monde.

Elle répandit de nouvelles larmes en achevant ; et après s'être lavé le visage et les mains, elle prit sa cruche et s'en alla.

Tarare l'avait attentivement examinée, sans qu'elle eût pris garde à lui : il avait trouvé sa personne toute charmante, et à son air il trouva qu'elle avait l'esprit naturel, l'humeur douce, le cœur sincère, et cependant l'âme assez fière. C'était trouver bien des choses en un moment, cependant il ne s'était point trompé : il n'eut pas de peine à deviner qui elle était.

Il passa la journée dans ce bocage, comme il lui plut, et la nuit étant venue, il y laissa ses chèvres, et s'avança dans la plaine pour y faire quelque découverte.

Plus il allait en avant, moins il savait où il allait : il eût erré longtemps de cette manière, si un éclat soudain de lumière ne lui eût fait découvrir une grande maison plate, à deux cents

pas de lui : cette lumière étant disparue, il ne
laissa pas de parvenir, en tâtonnant, à cette maison : il ne douta point que ce ne fût celle de la
sorcière, et ne jugeant pas à propos de se présenter à la porte, il grimpa sur le toit le plus
doucement qu'il put.

Elle n'était couverte que de paille, et ayant
prêté l'oreille quelque temps sans rien entendre,
il écarta, le plus délicatement qu'il put, la paille
de l'endroit où il était, et par l'ouverture qu'il
venait de faire, il vit l'horrible Dentue qui, en
marmottant quelques mots barbares, jetait des
herbes et des racines dans une grande chaudière qui était sur le feu : elle remuait tout cela
en rond, avec une dent qui lui sortait de la
bouche et qui avait deux aunes de long : après
qu'elle eut quelque temps tourné toutes ces dro-
gues, elle y jeta trois crapauds et trois chauve-
souris, et se mit à dire :

> Par mon chapeau, par ma jument,
> Par ma fureur, par ma malice ,
> Achevons cet enchantement ;
> C'est pour déplumer mon amant ,
> Qu'il faut que mon pouvoir s'unisse.

Son amant, grands dieux ! s'écria Tarare, il faut
que ce soit quelqu'un de ces monstres qui m'ont

voulu arrêter dans le bois : cependant la sorcière
mettait de temps en temps dans sa chaudière, un
doigt qui avait un ongle presque aussi long que
sa dent; c'était pour prendre de cette belle composition qu'elle goûtait, pour voir comment allait
le sortilége.

Au coin du feu était un petit monstre si laid
et si bossu, qu'il faisait encore plus peur que sa
mère.

La belle que Tarare avait vue dans le petit
bois, était à genoux devant ce monstre, et avec
ses bras de neige et ses mains d'ivoire, elle la-
vait les pieds les plus crasseux et les plus infâmes
que jamais on ait lavés.

Tarare vit bien qu'elle s'en désespérait, et il
n'en était pas moins désespéré. Dentue s'étant
aperçue que la pauvre fille pleurait, leva sa
grande dent, et la regardant de travers : malheureuse ! dit-elle, oses-tu bien servir de si mauvaise
grâce celui qui dans deux jours sera ton mari, au
lieu de remercier le ciel d'être au fils de Dentue,
et de posséder un tel époux ?

Tarare ne put s'empêcher de tressaillir à ces
paroles : la sorcière leva la tête à ce bruit; et
lui, descendant au plus vîte, de peur d'être
surpris, regagna le petit bocage du mieux qu'il
put : il y passa le reste de la nuit à songer à ce

2.

qu'il venait de voir, et à méditer son entreprise. Le matin suivant ramena la belle fille au bord du ruisseau.

Elle y revint avec tous ses charmes, toute sa douleur, et par dessus tout cela, avec de vilains habits crasseux, et du linge fort sale, qu'elle se mit à laver en pleurant de tout son cœur.

Cette seconde vue au bord du même ruisseau, augmenta la compassion qu'il avait eue pour elle, et lui fit sentir qu'il aurait bientôt besoin de la sienne. Elle était penchée vers le ruisseau en lavant ces vilaines hardes, elle paraissait d'un désespoir à s'y précipiter, s'il y eût eu de quoi la noyer.

Il crut qu'il était temps de se découvrir à elle : mais avant que de lui parler, il voulut attirer son attention, et tirant une flûte de sa poche, il se mit à jouer un air assez touchant : il ne peignait pas la moitié si bien qu'il jouait de la flûte, et c'est tout dire.

Elle tourna les yeux avec surprise vers lui : sa figure et sa manière de jouer ne s'accordaient pas : quand il s'aperçut qu'elle l'écoutait, il fit semblant de suivre ses chèvres qui s'éloignaient: Non, dit-elle, quand il eut cessé de jouer, l'harmonie de Sonante n'est pas si agréable : qu'il est heureux, poursuivit-elle, ce pauvre, qui passe sa

vie à garder les chèvres ! hélas ! tout malotru
qu'il est, je voudrais de bon cœur être ce misérable. Mais que vient-il faire si près d'un lieu
détestable, puisqu'il ne tient qu'à lui de mener
plus loin son chétif troupeau ? Que vient-il faire
auprès de la demeure de Dentue ?.... Il vient vous
en délivrer, belle Fleur d'Épine, dit-il, en approchant d'elle tout d'un coup.

Elle en fut si surprise, qu'elle pensa s'évanouir; mais il ne lui en donna pas le temps. Oui,
dit-il, je vous délivrerai, ou j'y perdrai la vie.
Hélas ! dit-elle en le regardant avec attention,
pauvre garçon que tu es, tu peux mourir, mais
tu ne saurais me sauver, puisqu'il faudrait pour
cela me dégager de l'esclavage où je suis, et que
cela est impossible. Tu me vois occupée du plus
dégoûtant emploi du monde : cependant j'y pas-
serais de bon cœur ma vie, si je n'avais à craindre quelque chose de plus effroyable; mais on
veut que j'épouse le fils de Dentue.

Je sais tout cela, lui dit Tarare, et je vous
en sauverai.

Elle regarda tout de nouveau un homme qui
parlait avec tant de confiance, et qui paraissait
tout savoir : il n'avait eu que le plaisir de la
voir, et n'avait pas encore senti celui d'en être
regardé : il le préféra dans son âme à tous ceux

qu'il eût jamais eu : il ôta son emplâtre pour
paraître moins défiguré : je ne sais s'il fit bien ;
cependant si elle ne fut pas fort touchée de son
visage, elle s'accoutumait assez à sa manière de
parler. Il lui dit que, n'étant pas ce qu'il lui paraissait, il avait entrepris de l'enlever, elle, le
chapeau lumineux et la jument Sonante : qu'il
avait entrepris tout cela pour le service d'une
princesse qui passait pour la merveille du monde, et dont il commençait à ne se plus souvenir.
Quel moyen, disait-il de s'en souvenir, quand
on a vu la charmante Fleur d'Épine : c'est elle
qui sera désormais l'objet de toutes mes entreprises.

Elle ne parut point offensée de la déclaration,
ni choquée du sacrifice : dans le peu qu'ils eurent
à rester ensemble, Tarare fut confirmé dans tout
ce qu'il avait d'abord jugé de son esprit et de ses
sentiments : il la conjura de se fier à lui de tout
ce qui regardait l'exécution de son entreprise :
il ne lui demanda que de consentir à ce que
proposerait un homme qui choisirait deux ou
trois cent mille morts plutôt que de l'offenser.

Il s'informa d'elle précisément où était l'écurie
de Sonante : il sut qu'on ne se donnait pas la
peine de la fermer, n'y ayant pas d'apparence
qu'on pût voler une jument qui ne faisait pas le

moindre mouvement sans qu'on l'entendît, et
dont l'harmonie devenait bien plus éclatante, dès
qu'on la sortait de l'écurie : il n'en demanda pas
davantage, elle n'osa rester plus longtemps, et
lorsqu'ils se séparèrent, elle le regarda tout aussi
longtemps qu'elle put.

Dès qu'il l'eut perdue de vue, il se recommanda sérieusement à une fortune qui ne l'avait
pas encore abandonné, à une industrie dont il
avait plus besoin que jamais, et à toute la fermeté de son courage. Il sentait bien qu'il était
inspiré par quelque chose au-dessus de l'adresse
et du bon sens. Il s'imagina que c'était sa nouvelle passion; mais c'était toute autre chose.
Cependant, bien résolu de suivre tous ces mouvements inconnus, il commença par souffleter
de méchants petits coquins qu'il vit venir avec
de la glu, pour prendre les pauvres petits oiseaux;
il leur ôta cette glu, de peur qu'ils ne s'en ser-
vissent en son absence; et à l'entrée de la nuit,
il s'achemina vers l'écurie de Sonante, portant
son petit sac de sel et la glu qu'il avait prise
aux petits garçons. Bel équipage pour une entreprise comme la sienne ! belles armes pour se
garantir du pouvoir redoutable d'une sorcière à
laquelle il voulait ravir tous ses trésors !

Un bruit mélodieux le conduisit droit à la ju-

ment Sonante ; il y arriva comme elle venait de
se coucher. C'était la plus belle, la plus douce
et la meilleure bête du monde. Il la caressa doucement de la main en la saluant ! elle en fut si
touchée, qu'elle lui aurait donné sa vie ; car
elle était accoutumée à ne voir que le fils de la
sorcière qui lui donnait à manger et qui souvent
la maltraitait, outre qu'il était si horrible, que
bien souvent elle eût mieux aimé jeûner que
de le voir.

Quand il la vit dans cette disposition, il remplit toutes ses sonnettes l'une après l'autre avec
du fumier, et les couvrit de cette glu qu'il avait
apportée, pour les empêcher de se déboucher.
Quand cela fut fait, la gentille Sonante se leva
d'elle-même pour voir s'il n'y avait plus rien
autour d'elle qui pût faire du bruit.

Tarare réitéra ses caresses, la sella, lui mit
sa bride, et la laissant à l'écurie, s'achemina
vers la demeure de Dentue. Dès qu'il y fut, il se
posta sur le toit avec les mêmes précautions que
le jour d'auparavant : il ne savait pas pourquoi
ce sac de sel était entre ses mains, quelque part
qu'il pût aller ; mais il s'en aperçut bientôt. Il
vit par la même ouverture, à peu près les mêmes
objets, hors que la pauvre Fleur d'Épine lui
parut encore plus malheureuse ; car la première

fois elle ne faisait que laver les pieds de Dentillon : mais alors le petit monstre, après lui avoir
voulu faire quelques amitiés, sur le pied du prochain mariage, se mit à grogner comme un co-
chon, de ce qu'elle avait la hardiesse de rebuter
ses familiarités.

La sorcière la força de s'asseoir au coin du feu,
tandis que Dentillon, étendu auprès d'elle, mit
sa tête sur ses genoux et s'endormit.

L'infortunée Fleur d'Épine n'osa témoigner
l'horreur qu'elle en avait; mais elle ne put retenir
des larmes qu'il fallut encore cacher à la sorcière.

Tarare sentait toutes ses afflictions : Dentue,
toujours attentive à ses sortiléges, en remuait la
composition avec sa grande dent jusques au fond
de la chaudière. Elle y jetait de temps en temps
quelque nouveau poison, en répétant ce qu'elle
avait dit la nuit précédente. Tarare voulut y
mettre quelque chose du sien, et de l'ouverture
de la cheminée, il y vida son sac de sel. La sorcière ne s'en aperçut que lorsqu'elle voulut en
goûter, comme la première fois : elle en tressaillit, en goûta pour la seconde fois; et, trouvant que le maléfice était gâté par un ingrédient
qui n'y convenait apparemment pas, elle fit un
cri si affreux, qu'on eût dit que quinze mille
chat-huants avaient crié à la fois.

Elle ôta promptement son chaudron de dessus le feu, et donna un soufflet à l'innocente Fleur d'Épine; elle en pensa tomber à la renverse, en réveillant Dentillon, qui lui en donna un autre pour l'avoir éveillé.

Tarare qui en était témoin, crut avoir reçu cinquante soufflets, et autant de coups de poignard dans le cœur. Sa colère prit le dessus de sa prudence : il s'allait perdre pour la venger, si Dentue, après avoir loué son fils d'un si noble ressentiment, ne lui eût ordonné d'aller chercher de l'eau du ruisseau. Va, mon mignon, disait-elle, cette vilaine bête prendra mon chapeau pour t'éclairer; je l'y enverrais bien toute seule, si ce n'est qu'il n'a aucune vertu, que quand il est sur la tête d'une fille, et qu'il ne faut pas que celle qui le porte, porte autre chose : va, mon fils, prends la cruche, ne crains point les esprits; ils n'oseraient approcher quand le chapeau luit; et je te promets que tu épouseras cette gueuse, qui fait tant la difficile, dès que tu seras de retour.

Oui-dà, j'y consens, dit Tarare en descendant, pourvu que ce ne soit qu'à son retour; il ne s'avisa pas de dire cela tout haut. Dès qu'il fut à terre, il courut en toute diligence se poster entre la maison et le ruisseau; à peine y fut-il, qu'il

vit tous les lieux d'alentour éclairés comme en
plein midi : la charmante Fleur d'Épine fut le
premier objet qui s'offrit à ses yeux ; elle lui parut si brillante, malgré l'éclat de ce chapeau,
qu'il semblait que ce fût elle qui lui prêtât sa
lumière. Le petit monstre qui l'accompagnait, se
traînait à peine sous le poids d'une cruche vide :
le petit vilain ne se contentait pas d'être bossu
pour faire horreur, il était boiteux comme un
chien, et si petit, qu'il avait vainement essayé de
prendre sa belle maîtresse sous le bras, jamais il
n'avait pu atteindre qu'à la hauteur de sa poche :
il s'y était attaché, se traînant après elle du
mieux qu'il pouvait ; car Dieu sait les enjambées
qu'elle faisait pour s'en dépêtrer : son cœur battait
si fort de crainte et d'espérance, qu'elle n'en
pouvait plus, lorsqu'elle vint à l'endroit où Tarare
l'attendait : sa vue la fit tressaillir ; elle rougit,
et pâlit un moment après : je ne sais s'il vit ces
différentes agitations, ni comme il les expliqua,
s'il s'en aperçut ; mais après l'avoir rassurée, se
saisissant de Dentillon, il lui enveloppa toute la
tête de son mouchoir, et après l'avoir chargé sous
son bras, comme on enlèverait un barbet, il donna la main à Fleur-d'Épine, et s'avança vers l'é-
curie à grands pas.

Il y trouva Sonante dans le même état qu'il

l'avait laissée. Il instruisit Fleur-d'Épine de son
dessein en peu de mots ; elle était si éperdue,
qu'elle approuva tout sans rien entendre. J'ai
une frayeur, disait-elle ; je ne crains plus pour
moi seule, et c'est avoir trop à craindre : vous
avez déjà tant fait, que je devrais me rassurer
sur ce que vous me dites ; pour cela sauvons-nous
en diligence, puisqu'il n'y a que cela qui nous
puisse sauver : mais que ferez-vous de ce petit
monstre ? Je l'écorcherais tout vif, dit-il, pour
la peur que vous avez eue de l'épouser, et pour
le soufflet qu'il vous a donné, si ce n'est que
sa mère ne serait pas si affligée de cette douce
mort, qu'elle le sera de celle que je lui prépare.

La généreuse Fleur-d'Épine, qui ne pouvait
consentir à d'autres cruautés qu'à celle des beautés sévères envers les tendres amants, se prépa-
rait à demander grâce pour le misérable ; non,
lui dit Tarare, ne soyez point alarmée : tout le
mal que nous lui ferons, n'ira qu'à être bien à
son aise, tandis que nous serons exposés à la
fatigue : je vous prie même de lui laisser quelque
faveur pour se souvenir de nous, puisqu'il perd
l'espérance de vous avoir pour femme ; permettez
qu'il porte votre coiffure, en attendant l'honneur
de vous revoir.

Fleur-d'Épine ne savait pas ce que cela voulait

dire : mais elle trouvait qu'il n'était pas trop de
saison de plaisanter dans une telle conjoncture ;
pour le petit Dentillon dès qu'il en fut coiffé, son
visage parut plus détestable ; il avait entendu la
menace de l'écorcherie, et quand il vit qu'elle
n'aboutissait qu'à porter la coiffe de sa maîtresse,
il se crut sauvé.

Mais Tarare lui ayant lié les pieds et les mains,
et fourré assez de foin dans la bouche pour l'empêcher de crier ; il couvrit tout son corps de foin,
de manière qu'on ne lui voyait que le derrière
de la tête assez proprement coiffée.

Cette cérémonie achevée, après avoir caressé
Sonante, il monta dessus, prit Fleur-d'Épine
devant lui, se mit en campagne, et tourna le dos
au palais de la sorcière.

Quoique Sonante fût plus vite que le vent, elle
était plus douce qu'un bateau. Tarare voulant
profiter de sa vitesse, lui mit la bride sur le cou
pendant une heure : mais jugeant qu'il avait fait
cinquante lieues, il se crut assez loin pour laisser
un peu prendre haleine à la jument. Il avait raison
d'être content, après avoir mis à fin une si terrible aventure, en délivrant ce qu'il commençait
d'aimer ; il respirait sans alarmes. Il n'avait plus
que la crainte de ne pas plaire à ce qu'il aimait,
et c'était bien assez ; il était trop éclairé sur son

mérite, pour se flatter d'aucun espoir sur l'agrément de sa figure ; il ne savait que trop que sans
le secours de son esprit et de son amour, il n'y
avait rien en lui de fort engageant.

Belle Fleur-d'Épine, lui disait-il, sentant
qu'elle tremblait encore, vous n'avez plus rien à
craindre de Dentue, et vous n'avez sans doute
rien qui vous doive inquiéter auprès d'un homme
dont les sentiments pour vous sont tels qu'ils
doivent être. Je connais tout votre mérite ; car
j'ose dire que personne ne s'y connaît mieux : mais
je n'ose vous dire que je le sens jusqu'au fond
du cœur ; il serait pourtant bien extraordinaire
que cela fût autrement. Des raisons assez parti-
culières m'ont fait quitter mon pays : quand j'en
partis, je n'avais ni projet ni dessein arrêté, je
ne savais pas trop ce que j'allais chercher par le
monde : mais je ne connais que trop à présent
que c'était vous ; ayez agréable que je vous amuse
pendant quelques moments par ce récit.

Je suis fils d'un petit prince, dont les états
sont des plus petits : mais en récompense, les
sujets y sont riches, contents et fidèles.

J'avais un frère, Dieu sait ce qu'il est devenu ;
nous n'avions pas plus de six ans, quand mon
père nous prit tous deux en particulier, et nous
parlant comme si nous avions eu de la raison :

mes enfants, dit-il, comme vous êtes jumeaux ; le
droit d'aînesse ne saurait décider de la succession
entre vous. Cependant, comme mes états sont
trop petits pour être partagés, je prétends que
l'un de vous deux cède ses droits à l'autre ; et
afin que celui qui aura cédé ne s'en repente pas,
j'ai deux dons à vous accorder, dont le moindre
pourra faire votre fortune ailleurs ; et ces dons
sont l'esprit et la beauté : mais comme il faut
que ces avantages soient séparés, que chacun
choisisse celui qu'il aime le mieux : nous répon-
dîmes tous deux à la fois ; je demandai l'esprit,
et mon frère la beauté.

Mon père nous ayant embrassés, nous dit que
chacun aurait avec le temps, ce qu'il avait choisi.

Mon frère s'appelait Phénix, et moi Pinçon ; et
si nous avions eu d'autres frères, je ne doute pas
qu'on ne les eût appelés, les uns merles, les
autres sansonnets, rossignols ou serins, selon le
nombre ; car une des folies du bon petit prince
était celle des oiseaux ; l'autre de vouloir que ses
enfants l'appelassent, monsieur mon père, en
parlant de lui ; ce qu'il ne put jamais obtenir de
moi : mais Phénix lui en donnait plus qu'il n'en
demandait ; cela fut peut-être la cause qu'on lui
tint mieux parole qu'à moi ; car à l'âge de dix-huit
ans, c'était ce qu'on n'avait jamais vu de plus

beau dans notre sexe : mais pour moi, quoiqu'on me flattât sur les gentillesses de mon esprit, je regardais cela comme ce qu'on dit de tous les enfants du monde, quand les pères et les mères vont fatiguant tous les gens de leurs bons mots ; et je ne me sentais qu'autant d'esprit qu'il en fallait, pour connaître que je n'en avais pas assez.

Quoique nos inclinations fussent différentes, jamais il n'y eut d'union égale à celle qui était entre mon frère et moi. Je passais mon temps à lire tous les livres que je pouvais attraper bons ou mauvais ; je distinguai bientôt les uns des autres, et me trouvant réduit à un assez petit nombre, je fus presque fâché d'une délicatesse qui retranchait beaucoup de ma lecture. Phénix ne songeait qu'à se parer pour éblouir par sa figure.

Enfin, notre père mourut, et parut aussi content qu'on le peut être quand on meurt, de ce qu'il nous laissait dans une union si parfaite ; dès qu'il fut en terre, nous commençâmes pour la première fois à être de différents avis, et à vouloir contester l'un contre l'autre : mais dans une dispute qui fut très-opiniâtre, il ne s'agissait que de vouloir céder chacun son droit ; Phénix se tuait de me dire que, comme j'étais plus capable de gouverner, je méritais mieux de succéder ;

que pour lui, fait comme il était, Dieu merci, en
quelqu'endroit du monde qu'il allât, il n'avait
pas peur de manquer. Ce fut en vain que je lui
donnai d'autres bonnes raisons pour se mettre
en possession de notre petite principauté : je ne
le persuadais pas ; ainsi, après un long débat,
nous demeurâmes d'accord que nous partirions le
même jour pour chercher fortune chacun de son
côté, à la charge que celui qui serait établi le
premier, tâcherait d'en informer l'autre, afin
qu'il revînt se mettre en possession de notre
commun héritage. Nous laissâmes des ministres
fidèles pour gouverner en notre absence ; et Phénix s'étant mis en campagne avec tous les charmes
du monde, je partis avec le peu de bon sens qui
m'était tombé en partage.

Nous prîmes différentes routes. La première
aventure qui m'arriva dans celle que j'avais prise,
est assez singulière, quoique ce ne soit pas de ces
événements périlleux ou éclatants qui signalent
les héros : j'avais parcouru beaucoup de provinces, sans rien trouver qui me donnât la moindre
espérance de m'élever à quelque fortune consi-
dérable. Je ne laissais pas de m'instruire partout
où je trouvais quelque chose digne de mon attention ; j'appris des secrets de toutes les natures ;
je remarquai ce que chaque pays avait de singu-

lier : mais rien de tout cela ne contentait ma curiosité.

Parvenu enfin au royaume de Circassie, qui est le pays des beautés, je m'étonnai de l'avoir presque traversé d'un bout à l'autre, sans en trouver une qui m'eût seulement donné de l'admiration. J'en attribuai la cause au changement de gouvernement, qui était arrivé dans le royaume ; et je crus que les troubles avaient pu disperser ces beautés, que j'avais cru rencontrer à chaque bout de champ, de la manière qu'on m'en avait parlé.

Je marchais un jour le long d'un fleuve qui bordait une vaste plaine ; au-delà de ce fleuve s'élevait un bâtiment qui me parut assez superbe : la curiosité de le voir me prit ; je vis les dehors d'un château qui me parut la demeure de quelque souverain. Le dedans m'en parut assez sombre, et les habitants tristes ; cependant, j'y vis plus de beautés que dans le reste de la Circassie : mais jamais il n'y en eut de plus sauvages. Celles qui me voyaient de loin me fuyaient ; et celles qui ne pouvaient m'éviter, au lieu de répondre aux honnêtetés que je leur disais, en les abordant, ne tournaient pas seulement la tête de mon côté : voilà, dis-je en moi-même, des figures auxquelles il ne manque que la parole, tant elles représentent naturellement de très-belles femmes. Je traversai

je ne sais combien de galeries, sans rencontrer
dans ce vaste château, que des objets aussi en-
nuyants qu'ils paraissaient ennuyés, lorsque
j'entendis de grands éclats de rire dans un appartement séparé de ces galeries : je fus bien aise
que tout ne fût pas abîmé dans la tristesse que
ce lieu commençait à m'inspirer. J'entrai dans
cet appartement ; et dans la chambre où ces
éclats de rire continuaient encore, je vis quatre
pies assises autour d'une table, qui jouaient aux
cartes ; elles ne furent point effarouchées de ma
présence ; au contraire, après m'avoir fait quelques civilités, elles continuèrent un jeu où je ne
comprenais rien, moi qui sais tous les jeux du
monde : il y avait une corneille de fort bonne
mine, assise auprès d'elles, qui faisait des nœuds
en les voyant jouer.

J'avoue que je fus assez surpris d'un spectacle
si nouveau ; je ne pouvais comprendre ce que
c'était que cet enchantement : elles mêlaient,
coupaient et donnaient, comme si elles n'avaient
fait autre chose de leur vie. Au fort de mon attention, une de ces pies, après avoir longtemps pilé
une de ses cartes, les jeta toutes sur la table avec
transport, et se mit à crier Tarare, de toute sa
force.

Les autres y répondirent ; la corneille même

3.

qui n'était pas du jeu, cria Tarare ; et après cela
ce furent de nouveaux éclats de rire, mais si
perçants, que je n'y pus tenir.

Je sortis de l'appartement des pies du sombre
château, et trois jours après du royaume. Ce
fut environ en ce temps-là que le bruit de cette
beauté de Luisante commençait à se répandre
partout ; j'en appris des choses si merveilleuses,
que je ne les pus croire ; et quelque danger qu'on
me dît qu'il y avait à la regarder, je résolus de
m'éclaircir par moi-même, si ce qu'on en disait
était véritable.

L'heureux royaume de Cachemire m'avait dès
longtemps inspiré la curiosité de le voir, par les
récits qu'on m'en avait faits. L'envie de quitter
mon nom me vint tout-à-coup ; je ne sais si ce
fut par l'usage introduit parmi les aventuriers
qui se déguisent toujours, ou si le nom de Pinçon
ne me paraissait pas assez noble pour un homme
qui avait envie de faire parler de lui chez la
première beauté du monde : mais enfin je chan-
geai mon nom, et l'aventure des pies m'étant
restée dans la tête, je pris Tarare pour mon nom.
Tarare, dit Fleur-d'Épine. Justement, poursuivit-il ; et ce qu'il y a de singulier à ce nom, c'est
qu'il semble qu'on ne puisse l'entendre, que l'envie de le répéter, comme vous venez de faire, ne
prenne tout aussitôt.

A l'entrée du royaume de Cachemire (par la route que j'avais prise) la savante Serène a établi sa demeure enchantée. Le désir de connaître une personne, que des connaissances surnaturelles, acquises par une longue étude, rendaient la plus illustre des mortelles, m'engageait autant au voyage de Cachemire, que tout ce qu'on avait dit de Luisante : mais la difficulté d'y parvenir pensa me rebuter : de mille et mille gens qui avaient eu le même dessein que moi, un très petit nombre avait réussi. On savait à peu près le lieu de la résidence ; mais c'était en vain qu'on le cherchait. Il était impossible de le trouver, si la fortune, ou plutôt un aveu favorable de la magicienne ne vous y guidait. Je fus assez heureux pour être admis à sa présence ; et apparemment je n'en fus digne, que par l'extrême passion que j'avais de rendre mes hommages à ce génie supérieur à tous les autres.

Je ne veux point vous ennuyer par la description particulière d'un séjour dont les beautés se peuvent à peine imaginer. Tout ce que je vous dirai, c'est que cet endroit de Cachemire est, à l'égard du reste, ce que le délicieux royaume de Cachemire est à l'égard du reste de la terre. Le peu de temps qu'il me fut permis de rester auprès d'elle me valut assurément beaucoup plus

que le don d'esprit que mon père croyait m'avoir
laissé en partage ; je crus m'apercevoir que mon
admiration et mes respects m'avaient attiré sa
protection ; elle me la fit espérer en la quittant,
et je la quittai, dans la résolution de m'en rendre
aussi digne qu'il me serait possible.

Je ne voulus pas me faire voir en arrivant où
était la cour. Je connus bientôt ce que c'était que
le génie du bon calife. Je fus informé du caractère
de son premier ministre : comme il n'avait pas
la capacité qu'ont d'ordinaire, ou que doivent
avoir ceux qui gouvernent sous leur maître, il
n'avait pas aussi leur présomption, et moins encore leur rudesse ; c'était le ministre le plus
affable qui fût jamais. Il avait une femme qui
n'était pas si simple, mais qui était encore plus
accueillante. Je me mis à son service en qualité
d'écuyer, et je m'aperçus bientôt que je ne déplai-
sais pas à madame la sénéchale. Quelle sorte de
beauté était-ce, dit Fleur-d'Épine, en l'interrom-
pant ? De celles qui la font comme il leur plaît,
répondit-il, et continuant son discours, comme le
sénéchal son époux était tout des plus grossiers,
je n'eus pas de peine à passer pour fort habile
dans son esprit ; cela fit qu'on se servit de moi
pour chercher un remède aux maux que faisaient
chaque jour les yeux de la princesse.

Tarare alors lui conta de quelle manière il était venu à bout de la peindre. Vous l'avez donc souvent regardée, dit Fleur-d'Épine ? Oui, dit-il, tout autant que j'ai voulu, et sans aucun danger, comme je viens de vous dire. L'avez-vous trouvée si merveilleusement belle qu'on vous avait dit, poursuivit-elle ? Plus belle mille fois, répondit-il. On n'a que faire de vous demander, ajouta-t-elle, si vous en êtes d'abord devenu passionnément amoureux : mais dites-m'en la vérité.

Tarare ne lui cacha rien de ce qui s'était passé entre lui et la princesse, pas même l'assurance qu'elle lui avait donnée de l'épouser, en cas qu'il réussît dans son entreprise.

Fleur-d'Épine ne l'eut pas plutôt appris, que, elle se redressa au lieu d'être penchée contre lui comme auparavant. Tarare crut entendre ce que cela voulait dire ; et continuant son discours, sans faire semblant de rien. Je ne sais, dit-il, quelle heureuse influence avait disposé le premier penchant de la princesse en ma faveur : mais je sentis bien que je n'en étais pas digne par les agréments de ma personne, et que je la méritais encore moins par les sentiments de mon cœur ; car je ne me suis que trop aperçu depuis, que l'amour que je croyais avoir pour elle, n'était tout au plus que de l'admiration. Chaque instant qui m'en éloignait, effaçait insensiblement son idée de mon souvenir, et dès le premier moment que je vous ai vue, je ne m'en suis plus souvenu du tout.

Il se tut, et la belle Fleur d'Épine, au lieu de parler, se laissa doucement aller vers lui comme auparavant.

Ils en étaient là; le jour commençait à paraître, et Tarare ayant pris le chapeau lumineux, pour en soulager Fleur d'Épine (qui ne l'avait point quitté durant l'obscurité) ils ne furent plus éclairés que du faible éclat de l'aurore naissante, sa fraîcheur ranimait les fleurs; et les larmes précieuses qu'elle répandait, arrosant l'herbe des prairies, abattaient la poussière sur les grands chemins.

Mais dans le temps que la belle avant-courrière du jour ouvrait les portes de l'Orient aux chevaux du soleil, la jument Sonante se mit à hennir. Fleur d'Épine en tressaillit, et tremblant dans tout son corps : ah ! dit-elle, nous sommes perdus; la sorcière nous suit. Tarare regarda derrière lui, et vit la terrible Dentue montée sur une licorne de feu, qui menait en laisse deux tigres, dont le plus petit était bien plus haut que Sonante.

Tarare tâcha de rassurer Fleur d'Épine, en

lui disant que la jument allait si vîte, qu'ils auraient bientôt perdu de vue la sorcière et son
équipage ; et là dessus il voulut pousser à toute
bride : mais Sonante demeurait tout court. Ce
fut en vain qu'il lui appuya les talons, et qu'il
l'incita de toutes les manières ; elle était immobile.

Fleur d'Épine s'évanouissait entre ses bras,
voyant la sorcière à cinquante pas d'eux ; Tarare
avait beau lui protester que tant qu'il aurait une
goutte de sang dans les veines, elle ne tomberait
ni entre ses mains, ni entre les griffes de ses
tigres : tout cela n'avait garde de la remettre.

Dentue approchait toujours, et Tarare, ne
sachant plus à quel saint se vouer, s'avisa d'essayer les voies de la douceur, et caressant la jument :
quoi ! ma bonne Sonante, lui dit-il, voudrais-tu
livrer ta belle maîtresse à cette vilaine sorcière
qui la poursuit ? n'as-tu donc commencé de si
bonne grâce que pour nous trahir à la fin ? Mais
il avait beau la piquer d'honneur par ces paroles,
elle ne s'en ébranla pas, et la sorcière n'était plus
qu'à vingt pas de lui, quand Sonante remua trois
fois l'oreille gauche. Il y mit vite le doigt, et y ayant
trouvé une petite pierre, il la jeta par-dessus son
épaule gauche : dans un instant s'éleva de terre
une muraille entre la sorcière et lui. Cette
muraille n'avait que soixante pieds de haut ; mais

elle était si longue, qu'on n'en voyait ni le com-
mencement, ni la fin.

Fleur d'Épine respira. Tarare remercia le ciel,
et Sonante partit comme un éclair.

Ils avaient déjà perdu de vue la nouvelle
muraille, et Tarare, croyant Fleur d'Épine en
sûreté lui allait dire quelque chose de tendre, et
peut-être de joli, lorsque Sonante s'arrêta tout
court au milieu de sa course. Tarare tourna la
tête et vit l'éternelle Dentue qui les poursuivait
de nouveau. Quoi ! s'écria-t-il, n'y a-t-il donc
aucune muraille qui soit à l'épreuve de sa licorne,
de ses tigres, de sa longue dent et de son épou-
vantable griffe ? Pendant ces réflexions, toutes
les frayeurs de Fleur d'Épine la reprirent. La
jument, plus rétive encore que la première fois,
semblait clouée à la terre. Tarare ne perdant pas
courage, se mit à haranguer Sonante d'une manière plus touchante qu'il n'avait fait auparavant.
Hélas ! lui disait-il, bonne Sonante, je vois bien
que la sorcière a jeté sur vous quelque sort, et
que lorsqu'elle vous peut voir, vous ne sauriez
plus remuer. Si cela n'était, ayant le cœur aussi
bien fait que vous l'avez, je gage que vous aimeriez
mieux mourir que de ne pas sauver votre jeune
maîtresse, la belle Fleur d'Épine : mais comme
je vois par votre tristesse, que vous n'avez plus

de secours à nous offrir, je vous demande une grâce, qui est de sauver la charmante Fleur d'Épine. Dès que j'aurai mis pied à terre, je m'en vais au devant de la sorcière et des tigres : peut-être que la fortune secondera mon courage. Fuyez de toute force avec ma chère Fleur d'Epine, tandis que Dentue tiendra les yeux sur moi ; adieu, bonne Sonante, sauvez Fleur d'Epine, ne l'abandonnez pas, je vous conjure, et si vous ne me revoyez plus, faites-la quelquefois souvenir de l'homme du monde qui l'aimait le plus tendrement. Il allait mettre pied à terre en achevant : mais Fleur d'Epine lui serra les mains pour le retenir.

Pour la bonne Sonante, elle fut si attendrie, qu'elle se mit à pleurer comme une folle : elle sanglottait à fendre les rochers les plus durs, et des larmes plus grosses que le pouce coulaient de ses beaux yeux jusqu'à terre : pendant qu'elle menait un deuil inutile, la sorcière approchait. Ce fut alors qu'elle remua six fois l'oreille droite.

Tarare n'y trouva qu'une goutte d'eau qui pendait au bout de son doigt, : il la jeta par dessus son épaule droite : cette goutte d'eau ne fut pas plutôt à terre, que ce fut un fleuve qui devint bientôt si large, qu'on l'eût pris pour un bras de mer ; ses eaux étaient plus rapides que celles d'un torrent, et s'étendirent du côté que Dentue

les avait poursuivis : mais ce fut avec tant d'impé-
tuosité qu'elle, sa licorne et ses tigres pensèrent
s'y noyer.

Ce fut un plaisir pour Fleur d'Epine et Tarare,
de voir comme l'eau la poursuivait, à mesure
qu'elle pressait sa licorne pour la fuir.

Dès qu'on ne la vit plus, Sonante fit un saut
d'allégresse qui pensa faire tomber Fleur d'Epine ;
cela donna occasion à Tarare de la serrer encore
plus étroitement, comme pour la soutenir ; car,
quoiqu'il ne se fût pas attendu à ce transport
soudain de la jument, comme il était bon homme
de cheval, il n'en fut que médiocrement ébranlé.

Les voilà donc une seconde fois délivrés des
horreurs de la maudite Dentue. Tarare espérait
que ce serait la dernière alarme qu'elle leur
donnerait. La bonne Sonante semblait prendre
part à la tranquillité qui succédait à toutes les
inquiétudes qu'ils venaient d'avoir, et elle courait
d'une légèreté inconcevable. Tarare voyant qu'elle
allait toujours, s'avisa de l'arrêter au bout de
quelque temps, pour l'informer de son dessein,
ne sachant pas si la route qu'elle tenait les con-
duirait où il voulait aller ; c'est pourquoi lui ayant
remis la bride sur le cou : Sonante, lui dit-il, je
sais bien qu'on ne se peut égarer avec vous : nous
voulons aller au pays de Cachemire ; il est tout

environné de montagnes et de précipices d'un côté, et c'est celui qui est auprès de la demeure de Serène ; menez-nous y par ce côté.

Et pourquoi au pays de Cachemire, lui dit Fleur d'Épine ? n'est-ce pas celui de Luisante ? C'est le royaume de son père, dit-il, c'est à son père que j'ai promis de porter les dépouilles de la sorcière, telles que les demande Serène.

Eh ? quoi, lui dit-elle, un peu troublée, ne m'avez-vous pas dit que, quoique vous eussiez entrepris ce dangereux exploit pour Luisante, vous n'aviez songé qu'au plaisir de me délivrer en l'achevant ? Que j'étais folle, poursuivit-elle, de me flatter un moment qu'on pût oublier la plus belle personne du monde pour songer à une créature comme Fleur d'Epine ? Pourquoi me le disiez-vous, puisque vous ne le pensiez pas ? Ah ! Tarare, dit-elle, en laissant tomber quelques larmes, je vois bien que votre seul empressement est de paraître devant les beaux yeux qui vous charment encore, chargé des dépouilles que vous lui avait promises, en lui menant Fleur d'Epine en triomphe. Si vous ne m'aviez point trompée, vous ne l'iriez pas chercher, après avoir trouvé ce que vous sembliez craindre si fort de perdre : qui vous empêcherait de me conduire en votre pays ? Pourquoi me faites-vous éprouver qu'il y a

des maux plus grands que ceux dont vous m'avez
délivrée ? Si vous ne m'aviez point flattée, mon
cœur, toujours tranquille, ne me ferait point envisager comme le plus grand des malheurs celui
d'être sacrifiée à Luisante ; elle ne vous aimera
que trop, sans ce nouveau témoignage de votre
tendresse.

Tarare se désespérait de son affliction: mais
il était charmé de ses alarmes, et voyant qu'elle
ne cessait de pleurer : non, charmante Fleur
d'Epine, lui dit-il avec transport, je ne vous ai
point trompée, en disant que je ne m'exposais que
pour vous, et que vous me verriez plutôt mourir
à vos yeux, que de songer à Luisante; votre première vue l'a chassée de mon cœur ; chaque moment vous y établit de plus en plus ; vos paroles
qui marquent si bien la délicatesse et la sincérité
de vos sentiments, ont pénétré jusqu'au fond de
mon âme; je voulais mourir pour vous sauver,
jugez si c'est pour un autre que je veux vivre ;
ayez donc l'esprit en repos sur mon dessein, souf-
frez que je tienne ma parole, puisque je serais
indigne de vous, si j'y manquais. Sachez que
nous ne saurions être en sûreté que sur les terres
de Cachemire, et comptez que s'il en est question,
ce sera Luisante que je sacrifierai à l'aimable
Fleur d'Epine, au péril de mille vies.

Ce qu'on aime persuade, et l'on croit facilement ce qu'on souhaite. Tarare avait ouvert son cœur avec un empressement trop sincère et trop naturel pour laisser aucune inquiétude à Fleur d'Epine sur ses intentions, et dès qu'il la vit rassurée, il rendit la bride à Sonante, qui tourna tout d'un coup sur la droite, et se mit à galopper comme ce qu'il y a de plus léger et de plus vite sur la terre. Ils arrivèrent en moins d'une demi-heure au pied d'une montagne qui paraissait inaccessible, si quelque chose pouvoit l'être à la légèreté de Sonante.

Tarare connut que c'était une de ces montagnes dont l'enceinte couvre les limites du bienheureux Cachemire. Sonante y grimpa comme si elle eût marché en rase campagne, et ne fatigua pas plus ceux qu'elle portait, qu'elle n'avait fait dans la plaine. Dès qu'ils furent au sommet, l'air leur parut embaumé de tous les parfums d'Arabie ; et de quelque côté que leur vue s'étendit, un parterre continuel semblait s'offrir à leurs yeux, avec tous les agréments d'une variété délicieuse. Fleur d'Epine fut bien aise de s'y arrêter un moment ; et tandis qu'elle se perdait dans la contemplation de tant de merveilles, le démon de la jalousie, qui se fourre partout, vint troubler son attention.

Quoi ! dit-elle, Luisante est héritière de tout ce

que je vois ? Luisante plus précieuse encore que tous ces trésors, et plus brillante que toutes les beautés que la nature étale ici, les doit porter à celui qu'elle choisira pour époux ; et il pourrait y avoir quelqu'un qui refusât sa main pour Fleur d'Epine. Ah ! Tarare, s'il est vrai que votre constance, ou plutôt votre aveuglement pour moi soit à l'épreuve de ce que je crains, rassurez-moi, s'il est possible, avant que nous descendions dans ces lieux enchantés, ou laissez-moi chercher au travers des précipices d'où nous venons, une destinée plus supportable que celle de vous voir à Luisante.

Un autre se serait peut-être impatienté d'une inquiétude qui ne devait pas si-tôt la reprendre, après ce qu'il venait de lui dire ; mais Fleur d'Epine était encore plus charmante qu'elle n'était tendre et délicate, et Tarare l'aimait passionnément. Il était si éloigné de s'en rebuter, que ces mouvements d'inquiétude auraient été la joie de son cœur, s'ils n'avaient un peu trop coûté au repos de ce qu'il aimait ; et pour tâcher de l'en guérir : belle Fleur d'Epine, dit-il, je ne sais que deux moyens de vous donner l'assurance de ma sincérité que vous souhaitez l'un est de recevoir ici : votre main en présence du ciel et de la terre, et d'unir dès ce moment mon cœur au vôtre pour jamais ; je

prends à témoin les puissances invisibles qui nous
écoutent, que je me croirais plus heureux de
passer ma vie avec vous au milieu des lieux affreux
par où nous sommes montés, que de régner avec
Luisante dans ces climats fortunés où nous allons
descendre. Je vous offre donc mon cœur et ma
foi, sans aller plus loin, et je vais vous conduire
au petit état où mon frère est peut-être de retour;
mais je vous ai déjà dit que par-tout hors du royaume de Cachemire, nous serions exposés à la
fureur et à la poursuite de la cruelle Dentue :
mais quand nous pourrions l'éviter, nous ne
pourrions nous sauver du juste ressentiment de
Serène à qui j'ai promis de remettre sa fille avec
le chapeau et la jument.

Fleur d'Epine témoigna sa surprise par un petit
tressaillement. Oui, belle Fleur d'Épine, dit-il,
vous êtes fille de la magicienne Serène, que sa
vertu, autant que son art rendent plus respectable
que si elle tenait le rang le plus élevé, ce serait
chez elle que je serais d'avis que nous allassions,
afin que, mettant à ses pieds les trésors qu'elle a
demandés, et que j'ai heureusement enlevés à la
sorcière, je fusse en droit de lui demander le
plus précieux de tous, pour récompense de ce
que j'ai fait pour lui obéir.

Fleur d'Epine, un peu confuse de la jalousie

qu'elle avait témoignée, ne balança point sur cette dernière proposition. Ils descendirent donc dans ces plaines fertiles et riantes qui leur offraient de nouveaux charmes, à mesure qu'ils en approchaient. Pour moi, j'avoue que je n'en suis point fâché : car je croyais qu'ils ne quitteraient jamais le sommet de cette montagne, où leurs sentiments, aussi bien que leurs incertitudes, m'ont un peu ennuyé, comme ils auront fait votre majesté sérénissime.

Nos amants se trouvèrent au bas de la montagne dans le temps que le soleil était encore dans toute son ardeur.

Quoique l'allure de Sonante fût si aisée qu'on n'en pouvait être fatigué, les alarmes et les frayeurs que Fleur d'Epine avait eues pendant une nuit où elle n'avait pas fermé l'œil, l'avaient fort abattue ; Tarare qui n'avait plus d'attention que pour elle, s'en aperçut et mit pied à terre au bord d'un ruisseau que deux rangs d'orangers ombrageaient de chaque côté. Fleur d'Epine n'y fut pas plutôt assise, qu'elle s'endormit, quoiqu'elle eût pu faire pour s'en empêcher.

Tarare ôta la bride à Sonante, pour lui laisser prendre quelque rafraîchissement : mais comme il ne voulait pas qu'elle s'éloignât trop, et qu'il lui voulait pourtant laisser la liberté de paître où bon lui semblerait, il déboucha toutes les sonnettes pour l'entendre en quelqu'endroit qu'elle pût aller. Dès qu'elle sentit que les sonnettes n'étaient plus bouchées, au lieu de s'amuser à paître, elle faisait des mouvements si gracieux et si mesurés que rien n'égalait l'harmonie qu'elle faisait entendre autour d'elle.

Tarare, après l'avoir écoutée quelque temps, se mit à considérer sa charmante Fleur d'Epine. C'était la taille la plus parfaite qu'on verra jamais; son visage, dans le doux sommeil qui fermait ses paupières, brillait de tous les agréments que la fraîcheur, la jeunesse et les grâces y pouvaient répandre.

Sonante cependant, qui s'éloignait insensiblement, faisait aller ses sonnettes harmonieuses d'une manière si ravissante, qu'il choisit quelques-uns des airs nouveaux qui les composaient, et y fit des couplets tendres et galants à la louange de Fleur d'Epine endormie. Non, disait-il dans ses vers, s'il ne tenait qu'à moi de former une beauté selon ma fantaisie; je ne pourrais rien imaginer de plus aimable ni de plus engageant que ce que je vois : et pour toucher mon cœur, il n'y aurait qu'à copier Fleur d'Epine.

Avec de telles imaginations, le seigneur Tarare n'avait garde de s'endormir. Il loua le ciel du

4

profond repos dont jouissait sa divinité : mais il
crut qu'après avoir bien dormi, elle pourrait avoir
besoin de manger. De quelque côté qu'on tournât
les yeux dans ce beau pays, on ne voyait que trop
de quoi fournir le plus beau dessert du monde :
chaque arbre et chaque buisson en offrait de reste :
mais il n'y avait pas moyen de commencer par le
fruit, quand on avait bien faim. Il laissa ses tablettes et les vers qu'il y venait d'écrire, auprès de
Fleur d'Epine, et s'en alla trouver Sonante, dont
la musique continuait toujours, quoiqu'il ne la
vît plus. Il ne savait pas trop bien ce qu'il allait
faire ; mais il se mit en tête qu'une créature qui
leur avait été d'un si grand secours, ne pouvait
manquer de ressource pour tous leurs besoins.
Il la trouva, comme on peint Orphée, environnée
de toutes sortes de bêtes et d'oiseaux, que la
douceur de son harmonie avait rassemblés autour
d'elle : il en coûta la vie à une gélinotte, deux
perdrix rouges et un faisan, qui se trouvèrent un
peu trop attentifs ; il se mit à les accommoder pour
le souper de Fleur d'Epine ; car quoique Pinçon
fût prince, Tarare était cuisinier quand il voulait,
et tout des meilleurs : il ne faut pas demander s'il
fit de son mieux dans cette occasion.

A son retour Fleur d'Epine s'éveilla, et à son
réveil elle fut servie. Elle ne parut pas insensible

à ses soins ; et son empressement dans cette rencontre ne lui fut pas indifférent. Il lui conta comment
le hasard lui avait fourni de quoi lui faire ce petit
repas. Elle eut pitié des pauvres oiseaux que
l'amour de la musique avait trahis ; mais elle ne
laissait pas d'en manger, en les plaignant. Elle
voulut savoir ce qu'il avait fait tout le temps
qu'elle avait dormi. Ses tablettes étaient encore
auprès d'elle, il ne fit que les ouvrir. Elle les prit,
et quoiqu'elle rougît, elle relut deux ou trois fois
ce qu'elle y trouva. Elle lui dit qu'elle n'osait louer,
autant qu'ils méritaient, des vers qui la louaient
beaucoup trop ; lui, de protester qu'ils ne la
louaient pas assez, et de prendre ses charmes à
témoin qu'il en sentait mille fois plus qu'il ne
pourrait exprimer ni en prose ni en vers.

Tarare, dit la modeste Fleur d'Epine, si je
voulais me chagriner par de justes réflexions, je
vous dirais que votre sincérité m'est un peu sus-
pecte ; je me connais, et je sais que je n'ai qu'autant d'agrément qu'il en faut pour n'être pas
absolument laide. Mais puisqu'une prévention si
favorable pour moi vous aveugle, je n'ai garde de
vous ouvrir les yeux sur mille défauts que je
voudrais ne pas avoir pour être digne de ce que
vous m'assurez que vous pensez.

Il se dit plusieurs choses fort tendres de part

et d'autre sur cette contestation, dont se passera
fort bien le lecteur, qui d'ordinaire saute autant
de ces conversations qu'il en trouve pour arriver
promptement à la fin du conte.

La nuit survint bientôt après leur repas. Fleur
d'Epine qui n'avait fait que dormir toute l'après-
dînée, aurait bien voulu se remettre en chemin.

L'innocence de ses sentiments, le respect de
celui qui l'accompagnait, et la coutume, semblaient suffire pour lui mettre l'esprit en repos.
Cependant, comme elle était délicate sur la bienséance, elle crut qu'il y en aurait plus à voyager
tête à tête, qu'à rester ensemble toute la nuit.
Mais elle était embarrassée pour Tarare qui
vraisemblablement avait besoin de repos : il connut
sa pensée, entra dans ses sentiments, et ils se
remirent en chemin, dans l'espérance d'arriver
chez l'illustre Serène à la pointe du jour.

L'harmonie de Sonante surprit et charma tout
ce qui se trouva sur leur passage. Dans les bois
qu'ils traversaient, les oiseaux, trompés par l'éclat
du chapeau, croyaient saluer le jour naissant,
lorsqu'ils répondaient au son agréable des sonnettes d'or.

Les coqs des villages croyaient de même chanter
pour l'aube du jour, réveillaient les pauvres
laboureurs qui venaient de s'endormir, pour retourner vitement à leur travail.

Mais Fleur d'Epine n'avait qu'à ôter le chapeau
de dessus sa tête, la nuit revenait, et les bonnes
gens se rendormaient.

Le véritable jour vint enfin, et Tarare promettait
à sa belle maîtresse qu'elle saluerait bientôt son
illustre mère : mais il ne put tenir sa promesse.
Comme il avait été déjà deux fois chez la magicienne, il crut qu'il y parviendrait facilement la
troisième. Mais ce fut en vain qu'il s'obstina deux
jours entiers à la chercher : il savait bien qu'il
avait cent fois passé tout auprès : il ne pouvait
comprendre pourquoi Serène lui devenait plus
inaccessible cette fois que les autres, puisqu'il
lui ramenait une fille qu'elle devait aimer tendrement, et qu'il était chargé du reste des trésors
qu'elle avait demandés. Il eut peur que Fleur
d'Epine ne le soupçonnât de l'avoir trompée sur
cet article : mais les dernières preuves qu'il lui
avait données de la sincérité de sa tendresse,
l'avaient entièrement guérie de toutes ses jalousies ;
elle n'avait plus que l'inquiétude d'être dans la
disgrâce d'une mère qu'elle n'avait jamais vue, et
qui semblait refuser de la voir. Ils ne se rebutè-
rent pas, et le troisième jour ils allaient recom-
mencer leur recherche partout aux environs,
sans aviser, comme Tarare avait fait auparavant,
de dire à Sonante de les mettre chez la magicienne ;

4.

car elle était douée du pouvoir d'arriver partout où
on lui disait d'aller, sans qu'aucun enchantement
pût l'en empêcher. Tarare ne savait pourtant pas cela : mais s'il avait été inspiré, quand il lui dit de
le mener à Cachemire, il ne le fut pas tandis qu'il
cherchait inutilement la demeure de Serène.

Ce fut pendant ce temps-là que certain politique
de campagne qui se mêlait d'entretenir des corres-
pondances à la cour, y manda l'arrivée de Tarare,
sur quoi le calife lui ayant dépêché courrier sur
courrier, avec ordre de se rendre incessamment
à la cour, il fallut obéir malgré quelque légère
alarme qui reprit à Fleur-d'Epine, et des pressenti-
ments secrets qui menaçaient son cœur de quelque
malheur ; elle fit ce qu'elle put pour les supprimer
devant Tarare, et ce ne fut pas un médiocre effort,
que de paraître tranquille en approchant d'une
ville où Luisante n'attendait que Tarare pour en
recevoir le remède à tant de maux, et peut-être
pour lui en offrir la récompense. Ils arrivèrent
enfin, et furent reçus comme en triomphe : tout
retentissait d'acclamations, qui élevaient la gloire
de Tarare jusqu'aux cieux. On ne douta point
qu'un homme, qui venait d'achever si glorieuse-
ment une entreprise commencée pour le bien
public et pour le service de la princesse, n'appor-
tât le remède à tous leur maux, et il en était temps.

Le bon calife, depuis son départ, s'étant amusé
trop longtemps un jour auprès de sa fille, avait
laissé tomber ses lunettes, et les beaux yeux qui
tenaient de lui le jour, lui en avaient ôté la lumière. Le sénéchal, de tous les ministres le plus loyal,
en était mort d'affliction ; sa femme s'en était
consolée par sa nouvelle faveur auprès de la
princesse ; elle était si grande, qu'elle ne tuait
plus personne de ses regards, que par son conseil.
Voilà bien du changement à la cour, mais ce
n'était pas tout : il était arrivé par malheur une
certaine more depuis peu, qui gouvernait la
Sénéchale par les charmes insinuants de son esprit,
comme la Sénéchale gouvernait la princesse par
les charmes d'un perroquet qui garantissait ceux
qui le tenaient, du danger de ses yeux.

Le conseil fut assemblé sur l'arrivée de Tarare,
et le calife qui n'avait jamais vu bien clair dans
ses affaires, était moins en état de s'en mêler que
jamais. Il voulut embrasser celui qu'il ne pouvait
voir. Les uns proposèrent de lui élever des statues,
d'autres opinèrent pour le grand et le petit triomphe. Le calife consentait à tout, pour honorer
tant de mérite : mais Tarare s'en défendant avec
modestie : Ah ! Sire, s'écria-t-il, quels soins vous
occupent, aussi bien que votre sage conseil !
Dans une conjoncture comme celle-ci, ce que j'ai

fait pour vous et pour l'état ne demande point de pareilles récompenses; est-il temps d'en parler, avant que ce service ait produit son effet ? Je n'ose vous dire qu'il y a eu quelque peu d'imprudence dans l'empressement dont vos courriers m'ont fait venir ici: j'allais remettre entre les mains de Serène, ce que je n'ai enlevé que pour elle. Je vous aurais apporté le remède tant désiré, au lieu qu'il faudra que j'y retourne, et qu'on attende mon retour.

Le calife lui en demanda bien humblement pardon, et en attribua la faute à son conseil. Son conseil la rejeta sur les ordres de la princesse qui gouvernait depuis l'aveuglement de son père et que la Sénéchale gouvernait absolument.

Il fut résolu que Tarare partirait dès le lendemain avec les trésors de la sorcière.

Le calife voulut absolument que Fleur-d'Épine fût logée cette nuit chez la Sénéchale, comme dans le lieu le plus honorable après son palais. Car, dit-il à Tarare, vous voyez, par mon exemple, qu'il ne fait pas bon auprès de Luisante. Tarare l'y conduisit, et la femme more était si empressée à la servir, et le faisait avec tant d'adresse, qu'elle en fut charmée. Tarare ne voulut pas seulement aller au palais, de peur de renouveler ses alarmes. Il fallut pourtant quitter Fleur-d'Epine, et mettre ordre à son départ pour le jour suivant. Son impatience lui fit bientôt dépêcher tout cela.

A son retour, il trouva Fleur-d'Epine occupée à considérer le portrait de Luisante, qu'il devait porter avec lui le lendemain.

Il s'aperçut que son admiration pour cette beauté merveilleuse, était mêlée de quelque trouble : il lui dit ce qu'il fallait pour la rassurer, et elle compta beaucoup l'assurance qu'il lui donna de partir sans voir l'original de ce portrait.

La femme more eut bientôt démêlé les sentiments qu'ils avaient l'un pour l'autre. Elle n'en cacha point sa pensée à la Sénéchale qu'elle fut chercher, et qui lui avait fait sa confidence de sa bonne volonté pour Tarare.

Mais avant qu'elle pût parler, la Sénéchale s'était hâtée de lui apprendre que son cœur venait d'être un peu déchiré d'un côté, par la tendresse, et de l'autre, par la gloire : que, quoiqu'elle eût éprouvé plus d'une fois que l'amour rend toutes les conditions égales, cependant, dans un poste où son élévation attirait les yeux de tout le monde, elle avait eu de la peine à se déterminer ; mais qu'après y avoir songé, elle trouvait qu'une Sénéchale pouvait sans honte épouser son écuyer, principalement qand il revenait couvert de gloire.

Ce fut après cette harangue, que sa confidente

lui dit qu'elle trouverait un peu de mécompte dans l'honneur qu'elle lui voulait faire; et elle lui apprit ensuite tout le détail de ses soupçons au sujet de cette jeune personne.

Voilà d'abord la jalousie qui s'empare de la veuve : elle était, de toutes les veuves, la plus violente dans ses passions ; et de toutes les mores, sa confidente était la plus noire. C'était en leurs mains qu'on avait mis la pauvre Fleur-d'Épine ; il y parut bientôt.

Tarare, qui la vint prendre le lendemain pour l'emmener, fut tout étonné du changement dont il la vit : elle sentait des maux effroyables qu'elle s'efforçait en vain de lui cacher ; elle connut par les transports de sa douleur qu'il en sentait toute la violence ; adieu son voyage, adieu le bien de l'état ; il ne songea plus qu'à secourir Fleur-d'Épine ; et voyant par le redoublement de ses maux, que tous ses soins étaient inutiles, il ne songea qu'à mourir avec elle.

La Sénéchale, dans le désespoir de son amant et les tourments de sa rivale, goûtait à longs traits le plaisir de sa vengeance.

Le conseil du calife fut terriblement alarmé de ce que Tarare ne voulait plus partir. La more enfin, qui avait fait le mal, s'avisa de le faire cesser, afin que Tarare partit. Les douleurs de

Fleur-d'Épine la quittèrent tout d'un coup comme elles l'avaient prise : mais il lui en resta tant de faiblesse et d'abattement, qu'elle conjura Tarare de céder aux importunités de toute la cour, et de partir sans elle. Ce ne fut qu'à regret qu'il obéit ; mais ce fut de tout son cœur qu'il lui recommanda de ne point voir Luisante avant son retour ; il l'assura qu'il serait trèsprompt, et partit, après des adieux fort tendres de part et d'autre.

Mais ce fut en vain que Fleur-d'Épine se flatta de se remettre après son départ. Elle tomba, malgré qu'elle en eût, dans une langueur dont elle se sentait miner à vue d'œil. Elle n'avait pas douté que, ses douleurs l'ayant quittée, son embonpoint ne revînt : mais, au lieu de cette fraîcheur dont elle souhaitait ardemment le retour avant celui de son amant, une défaillance presque insensible la changeait de jour en jour.

Enfin, les plus belles couleurs du monde furent converties en une triste pâleur, à laquelle on vit succéder un jaune mêlé de vert qui la rendait méconnaissable à ses propres yeux : par une maigreur universelle, la taille la plus parfaite qui fut jamais fut changée en squelette.

Pendant que la pauvre Fleur-d'Épine se voyait dans un état si déplorable, la sénéchale en triom

phait. Sa confidente·lui avait fait concevoir que
le plaisir de la voir méprisée pour sa figure,
serait plus doux que de la voir pleurée au retour
de son amant; et c'était ce supplice (qu'ils jugè-
rent plus grand pour elle) qui lui avait sauvé la
vie.

Cependant au palais, on ne voyait plus la
princesse ; car on ne la pouvait regarder sans
être muni de son perroquet : mais elle en était
devenue si folle, qu'elle ne voulait plus que personne le tînt. On disait des merveilles de la
beauté de cet oiseau, peu de chose de son esprit ;
car il ne parlait guère : quand cela lui arrivait, il
répondait tout de travers, mais il avait de la
grâce dans l'action, et de la politesse dans les
manières.

L'impatience de Tarare raccourcit son voyage,
il revint, qu'on ne le croyait pas encore à moitié
chemin, et il rapportait le remède aux maux que
causaient les plus beaux yeux du monde.

Le peuple le suivit en foule jusqu'à l'appartement de Luisante : mais personne ne le suivit
lorsqu'il y entra.

Il portait une fiole grande comme les plus grands
verres ; elle était faite d'un seul diamant, et con-
tenait une liqueur si brillante , que les yeux
éblouissants de la princesse en furent eux-mêmes
si éblouis, qu'elle les ferma.

Tarare prit ce temps pour lui en mouiller les tempes et les paupières. Dès que cela fut fait, elle les ouvrit, et Tarare ayant fait ouvrir toutes les portes, le peuple fut témoin du miracle, et le célébra par mille acclamations. On voyait ses yeux aussi brillants que jamais : mais on les voyait avec si peu de danger, qu'un enfant d'un an l'aurait lorgnée tout un jour sans en sentir que du plaisir.

Tarare baisa le bas de sa robe pour lui en faire le premier compliment, et se retira sous prétexte d'en porter la nouvelle au calife ; mais il suivait les mouvements de son cœur qui l'entraînaient vers sa charmante Fleur d'Épine.

La nouvelle de son retour et du miracle qu'il avait produit, se répandant bientôt partout, il fallut céder à la nécessité de voir le calife avant sa maîtresse.

Le bon prince pensa devenir fou de joie, quand il sut que les yeux de sa fille n'étaient plus méchants, quoiqu'ils fussent aussi beaux que jamais ; mais quand Tarare, après lui avoir mouillé les yeux, lui eut rendu la vue, il ne parut pas si aisé de voir la clarté du jour, qu'il parut reconnaissant envers celui qui la lui rendait. Il se mit à genoux devant lui, voulut lui baiser les pieds, et après quelques autres transports qui conve-

5

naient moins à sa majesté qu'à sa reconnaissance,
il voulait sur le champ le remener à sa fille, afin
qu'elle le choisit pour époux, et que le mariage
se fît dès ce jour, protestant devant son conseil,
qu'il ne serait jamais content qu'il ne vît son palais tout plein de petits Tarares.

— Oh ! pour les petits Tarares, dit le sultan, je
m'y rends ; j'avais eu toutes les peines du monde
à résister à l'autre : mais je n'y peux plus tenir :
vous avez vaincu, Dinarzade : je vous dois la vie
de votre sœur, je vous la donne, et je lui donne
toute ma tendresse qu'elle mérite par ses attraits
et son érudition ; mais dont elle est encore plus
digne par la beauté des récits dont elle m'endort
depuis si longtemps : allez, Dinarzade, allez
chercher le visir votre père, qu'il m'apporte au
plus vîte mon sceptre et le sceau de l'empire, afin
de confirmer par les solennités requises, la promesse que je viens de vous en faire.

Dinarzade ne se le fit pas dire deux fois, elle
revint avec le grand visir qui pleurait à chaudes
larmes, en scellant la grâce de sa fille. Cela fait,
il fit trois profondes révérences au pied du lit
impérial, dont il leva respectueusement la couver-
ture : la sultane s'étant prosternée devant son
seigneur, lui baisa le petit doigt du pied gauche,
qu'il lui tendit le plus tendrement du monde ;

et s'étant relevée, il lui mit trois fois son sceptre royal sur le bout du nez, selon l'usage du pays, en signe de grâce.

Ces cérémonies achevées, le visir et la sage Dinarzade, s'imaginant que leur présence était désormais inutile, ouvraient la porte pour s'en aller, lorsque le sultan les ayant rappelés : Je ne me repens point, dit-il, de la grâce que je fais à la sultane : mais, comme je prétends que la justice soit inséparable de la clémence dans toutes mes actions, demain, dès la pointe du jour, je ferai pendre le traître qui révèle mes conseils. Dinarzade n'a pu savoir ce qui s'y est passé au sujet de Tarare que par son père, ou par son amant ; ainsi mon visir et le prince de Trébizonde tireront au sort ; et le coupable ou le malheureux sera justement sacrifié selon les ordonnances de cet État. Le visir qui connaissait le naturel inhumain de son maître, devint plus pâle qu'un mort à cet arrêt, et s'étant mis à deux genoux, il prenait le ciel, la terre, le grand prophète et son alcoran, à témoins de son innocence : mais la courageuse Dinarzade, loin de s'alarmer de ses menaces, dit : Vous êtes bien plus prompt, seigneur, à prendre des résolutions de cruauté, que vous ne l'êtes à donner des marques de tendresse. Je

devrais être intéressée plus qu'un autre, à ce
que vous venez de dire, s'il est vrai que le prince de Trébizonde ou le visir mon père soient
coupables ; cependant je les abandonne tous deux
à votre colère, en cas que je ne vous fasse pas
convenir avant la fin de mon récit, que c'est
vous-même qui m'avez révélé ce beau secret de
votre conseil, et que si c'est un crime capital d'en
avoir parlé, votre redoutable majesté mérite
mieux d'être pendue que votre visir, ou le prince
que vous appelez mon amant. Le visir s'évanouissait de frayeur à ce discours téméraire de
sa fille : mais l'équitable sultan, revenant comme
d'un songe profond, joignit d'abord les mains,
ôta son bonnet de nuit, demanda pardon à Ma-
homet, et ayant frotté trois fois le nez à Dinarzade de son sceptre royal, trois fois au visir,
et trois fois à lui-même, il promit d'en faire le
lendemain autant au beau Trébizonde ; et les
cérémonies de cette amnistie générale achevées,
il conjura la prudente Dinarzade de ne jamais
révéler ce qui s'était passé entr'elle et lui, au
sujet de Tarare ; et comme il n'était encore que
minuit et trois-quarts, il lui ordonna d'en achever
l'histoire, ce qu'elle fit de cette manière :

Le conseil du calife fut sur le point de répéter
les petits Tarares, comme ils avaient fait le

grand : mais ils se souvinrent qu'il l'avait défendu dans un article de son premier traité.

Tandis que le calife court chez sa fille, Tarare ne peut se dispenser de guérir tous ceux qu'elle avait blessés ; le nombre en était grand : mais comme l'effet du remède était prompt, il les eut bientôt expédiés ; tout retentissait d'acclamations et de cris d'allégresse, et dans une joie si universelle, il n'y avait que la seule Fleur-d'Épine de malheureuse.

Le bruit de l'arrivée de Tarare étant parvenu chez la sénéchale, elle se hâta d'en informer Fleur-d'Épine, et cette nouvelle, qui dans un autre temps aurait mis le comble à sa joie, pensa la désespérer ; elle croyait toujours que sa cruelle rivale et sa confidente étaient touchées de son malheur ; elle se mit à genoux devant elles, pour les conjurer que Tarare ne la vît point dans l'état où elle était, elles lui en donnèrent leur parole : mais elles lui dirent qu'elle ne pouvait se défendre de recevoir la visite du calife, qui, dès qu'il avait recouvré la vue, avait voulu contenter sa curiosité sur une personne qu'on lui avait peinte aussi belle que Luisante ; et en disant cela, les maudites bêtes se mirent, malgré qu'elle en eût, à la parer le mieux qu'il leur fut possible, afin qu'elle en parût plus défigurée.

La pauvre créature n'avait que la peau et les
os ; un bleu pâle avait pris la place du vif incarnat de son teint et de ses lèvres ; ses yeux
étaient éteints, et ses joues décharnées paraissaient plus ternes sous la coiffure brillante qu'on
venait de lui mettre.

Elles l'étendirent sur un riche canapé dans cet
étalage, où à peine fut-elle, qu'elles entendirent
monter son amant. On l'assura que c'était le calife, et les cruelles se retirèrent.

Fleur-d'Épine fit un effort pour se redresser,
afin de le recevoir avec plus de respect ; mais
quand, au lieu du calife, elle vit entrer Tarare,
elle fit un cri, et demeura penchée sur le dos du
canapé. S'il fut surpris de cette action, il le fut
bien plus d'une figure si extraordinaire : il ne
laissa pas d'en approcher ; et dans le temps
qu'elle reprenait ses esprits, il lui demanda où
était Fleur-d'Épine ; ce fut le coup mortel pour
son cœur ; ses forces l'abandonnèrent, et au lieu
de lui répondre, cachant son visage dans un des
coins du canapé, elle s'abîma dans le désespoir
et les larmes.

Tarare, ne comprenant rien à sa douleur, ni
à sa figure, sortit pour chercher Fleur-d'Épine
par toute la maison. La sénéchale et la more se
tuaient de lui dire en riant, qu'il en venait : il

fut impatienté d'une plaisanterie si hors de raison : mais il fut encore plus choqué de l'air
agréable et content dont elles semblaient se moquer de lui; il les quitta brusquement, et s'étant
rendu au palais, il y trouva bien une autre scène.

Le beau perroquet s'était sauvé pendant que
Tarare accommodait les yeux de Luisante : il
la vit à terre qui s'arrachait les cheveux.

Le calife et tous ses courtisans, montés sur
des échelles, cherchaient, au-dessus des lits et
au haut des planchers, tous les endroits où il
pouvait s'être fourré.

Tarare, qui n'y comprenait rien, demandait
à chacun des nouvelles de Fleur-d'Épine : chacun
lui en demandait du perroquet de la princesse :
il les crut tous fous, et pensa le devenir. Dès
que le calife l'aperçut, il courut vers lui, et se
persuadant que tout lui était possible, il le conjura de calmer le désespoir de Luisante, en lui
rendant son perroquet.

Tarare, surpris de l'inquiétude du père, et
de l'entêtement de la fille, ne pouvait comprendre qu'on eût d'autre inquiétude que la sienne,
et au lieu de faire attention à ce que disait le
calife, il lui dit qu'ayant répondu de Fleur-d'É-
pine à la magicienne Serène, il n'en avait obtenu

le remède à tant de maux, qu'à cette condition, qu'il fallait avant toutes choses revoir Fleur-d'Épine, et qu'après cela il se faisait fort de re-trouver le perroquet.

Luisante entendit ces paroles de consolation, et les crut dans la bouche d'un homme qui ne se vantait de rien dont il ne pût venir à bout. Le calme qui revint dans son cœur, lui rendit ses attraits, que la douleur avait troublés : elle commença de se souvenir de Tarare, de ce qu'il avait fait pour elle, et de ce qu'elle lui avait promis. Elle y rêva quelque temps, et le souvenir de son premier penchant, sa parole et sa recon-naissance s'étant offerts à la fois pour la déter-miner, elle se mit à genoux devant le calife son père, et lui demanda la permission de s'acquitter de tant d'engagements envers un homme qui avait tout hasardé pour son service.

Quand le calife l'entendit, il fit un saut de joie qui étonna toute la cour ; et au lieu de ré-pondre à sa fille, il pensa l'étouffer à force de la baiser, lui jura qu'elle lui aurait fait moins de plaisir par un choix qui eût ajouté à ses états quinze provinces comme Cachemire ; et se re-tournant vers son nouveau gendre pour l'em-brasser, en lui présentant la main de la plus belle princesse du monde, il ne le trouva plus.

Ce fut inutilement qu'on le fit chercher par tout
le palais; il n'avait pas plutôt imaginé la conclusion des réflexions que Luisante, après quelques regards, s'était mise à faire, que s'étant
perdu dans la foule, il était retourné chez la
sénéchale: c'était là qu'il avait laissé sa chère
Fleur d'Épine, en partant pour aller chez Serène;
et c'était là qu'il était résolu de la retrouver,
ou de savoir ce qu'elle était devenue : il l'y trouva ; mais dieux ! dans quel état !

Les réflexions qui avaient suspendu ses pleurs,
après qu'il l'eut quittée, n'avaient garde de la
remettre. Il lui avait demandé à elle-même où
était Fleur-d'Épine : dans quel affreux changement l'a-t-il trouvée la malheureuse Fleur-d'Épine, disait-elle ! Mais hélas ! s'il m'avait jamais
aimée, son cœur m'aurait-il méconnue? Il ne m'a
que trop connue, poursuivit-elle, je lui ai fait
horreur, et je ne le reverrai plus.

Un redoublement de douleur l'ayant saisie
dans ce moment, elle avait espéré que ce serait
le dernier de sa vie ; et comme elle avait gardé
sur elle les tablettes où Tarare avait écrit des
choses si tendres et si passionnées, elle y avait
voulu laisser le portrait de son cœur, en lui
disant les derniers adieux; il n'y eut jamais rien
de si touchant.

Ce qu'on dit dans cet état funeste, attendrit d'ordinaire ; et la pauvre Fleur-d'Épine, qui croit expirer, s'évanouit au dernier adieu qu'elle avait écrit dans ses tablettes. Il les reconnut : mais ce ne fut qu'après avoir lu ce qu'elle venait d'écrire, qu'il la reconnut elle-même. Tout son sang se glaça dans ses veines à cette vue : il l'examina depuis la tête jusqu'aux pieds, sans pouvoir trouver rien d'elle dans cette étrange figure ; il la crut morte, et à la voir, on eût pu croire qu'il y avait plus de quinze jours qu'elle l'était.

Sa tendresse prit la place de son étonnement ; la compassion s'y joignit, en attendant le désespoir, et portant sa bouche avec transport sur la main froide et décharnée de sa maîtresse, il l'arrosa d'un torrent de larmes.

Cette action retint une vie prête à s'échapper ; elle ouvrit faiblement les yeux, et vit à ses pieds l'homme du monde qu'elle souhaitait le plus ardemment, et qu'elle craignait le plus de voir, celui seul qui pouvait lui faire regretter la vie, ou souhaiter la mort.

Les choses qu'ils se dirent auraient attendri ce qu'il y a de plus sauvage ; il protestait de tout son cœur qu'il ne l'aimait pas moins qu'il avait fait dans tout l'éclat de sa première fraîcheur ;

que si sa figure toute charmante avait été le premier objet de son engagement, son esprit, sa
douceur et toutes ses manières avaient fait une
impression plus vive et plus durable dans son
cœur, que toutes celles des attraits les plus brillants, telle enfin que la mort seule pouvait l'effacer.

Elle pleura de tendresse et de joie, lui serra
la main pour la première fois de sa vie, parce
qu'elle crut que ce serait la dernière ; et si ce
fut faiblement, ce fut au moins de tout son
cœur ; elle lui témoigna qu'après tant de marques sincères d'une confiance si rare, elle mourait contente, et crut le faire comme elle le disait.

L'impertinente sénéchale arriva pour interrompre une conversation si touchante : toute sa
jalousie se réveilla, lorsqu'elle vit Tarare aux
pieds d'une créature qu'elle avait cru lui devoir
faire peur : elle revenait de la cour, elle y avait
été informée du dessein de la princesse pour
Tarare, et des transports du calife, en publiant
ce mariage ; elle ne manqua pas de lui en faire
son compliment, en présence de la mourante
Fleur-d'Épine.

C'était bien pour l'achever; cependant ce mouvement soudain de jalousie qui devait l'accabler,

ranima ce qui lui restait de forces : mais ce fut
pour la livrer à de nouveaux supplices.

La princesse, accompagnée du calife son père,
et de toute la cour, arriva dans ce moment; sa
surprise fut extrême à l'aspect d'une figure comme
celle auprès de laquelle Tarare était à genoux :
mais l'étonnement de Fleur-d'Épine fut encore
plus grand à la vue d'une beauté qui lui parut
surpasser tout ce qu'on lui avait dit : ce fut
alors que sa constance et ce qui lui restait de
forces l'abandonnèrent à la fois ; elle tint quelque temps les yeux attachés sur Luisante, elle
les tourna ensuite vers son amant, et un moment
après elle les ferma pour jamais.

Il en fit un cri qui fit tressaillir l'assemblée, et
qui donna quelque émotion à la princesse.

Le calife s'en aperçut, et pour la rassurer : Ce
n'est rien, ma fille, que ce cri de douleur ; vous
verrez que cette carcasse qu'il regrette était
quelque vieille parente, et il faut bien donner
quelque chose au sang ; puis s'adressant à lui :
Allons, Tarare, dit-il, qu'on se lève, et qu'on
s'essuie les yeux : c'est se moquer de faire ici
l'enfant pour une momie, quand on vient vous
offrir le royaume de Cachemire avec la main de
Luisante.

Je ne sais quelle réponse un autre aurait faite

à une harangue comme celle-là ; mais Tarare
n'y répondant d'aucune manière, l'assemblée le
crut mort aussi bien que Fleur-d'Épine. On en
était là, quand la More arriva ; elle parut s'affli-
ger de la mort de Fleur-d'Épine, et entra dans la
douleur de Tarare : mais, voyant l'embarras du
calife, elle lui conseilla de faire enlever le corps,
et de le faire incessamment brûler, s'il voulait
avoir quelque raison de Tarare. Les conseils de
cette femme avaient été suivis comme des oracles
depuis qu'elle gouvernait la sénéchale ; on n'eut
garde de rejeter celui-là.

Ce fut en vain que les cris et toute la résistance
de Tarare s'opposèrent à cette séparation. On
l'arracha d'auprès de ce qu'il aimait encore plus
que sa vie ; on éleva dans la cour du palais
un bûcher, où l'on étendit Fleur-d'Épine, tandis qu'on entraînait de force le désespéré Tarare.

Après quelques cérémonies lugubres, le calife
voulant honorer une personne pour qui son gendre prétendu s'était intéressé, fit distribuer des
flambeaux composés de gommes précieuses ; pre-
mièrement à sa fille et à son conseil ; seconde-
ment aux officiers de la couronne et à ses courtisans : ensuite levant un moment celui qu'il
tenait, par dessus sa tête :

Plût aux dieux, dit-il, que mon fils Tarare
fût témoin de la manière honorable dont je vais
brûler le corps de celle qu'il regrette tant, je
m'assure que cela lui ferait plaisir.

A ces mots, il allait mettre le feu aux quatre
coins du bûcher, quand tout-à-coup on entendit
retentir l'air d'un bruit harmonieux, et quelques moments après la redoutable Serène parut
sur la jument Sonante.

Sa présence causa dans l'assemblée des mouvements fort différents; elle suspendit l'empressement du roi, elle frappa ses courtisans de
respect pour une personne dont l'air avait quelque chose d'auguste : Luisante en poussait des
cris de joie, car son perroquet était sur le poing
de la magicienne ; mais la sénéchale en fut si
troublée, qu'on lui eût vu changer de couleur,
si celles de son visage eussent été naturelles.
Pour sa confidente, ce fut en vain qu'elle tourna
les yeux de tous côtés, pour se sauver, elle
sentit bientôt que cette espérance lui était in-
terdite.

La savante Serène mettant pied à terre, s'avança vers le bûcher: elle tenait dans sa main droite
la baguette de vérité ; cette baguette était d'un or
si brillant, qu'elle éblouissait la vue.

Elle fit semblant d'ignorer le sujet du specta-

elc qui s'offrait à ses yeux, et l'ayant demandé
au calife : C'est, dit-il, la carcasse d'une certaine
Fleur-d'Épine que nous allions brûler.

Et que vous avait-elle fait, lui dit-elle d'un
ton sévère, que vous avait-elle fait cette Fleur-
d'Épine, pour la brûler toute vive ?

L'assemblée frémit d'étonnement ou de joie
à ces paroles : le calife lui ayant demandé pardon d'avoir oublié que c'était sa fille, ne laissait
pas de se souvenir qu'elle était morte, et, pour
preuve de cela, qu'il avait été sur le point de
la brûler.

Serène, sans daigner lui répondre, ordonna
qu'on descendît Fleur-d'Épine du bûcher, et
l'ayant fait étendre sur un lit de repos qu'on
apporta du palais, elle s'approcha d'elle, et se
retournant vers le calife : Vous allez voir, dit-
elle, qu'elle n'est pas morte ; il y en a qui ne le
savent que trop.

En achevant de parler, elle toucha Fleur-d'É-
pine au front, du bout de sa baguette, et dans
un instant on la vit ranimée, et ses yeux s'ou-
vrirent ; mais on lui vit l'étonnement d'une personne qui, sortant d'un long sommeil, se trouve
dans des lieux inconnus.

L'auguste Serène parut surprise de l'affreux
changement de sa figure ; elle demanda Tarare,

on le vit venir; car tout obéissait dès qu'elle
avait parlé. Il ne fut pas plutôt arrivé, que le
beau perroquet fit un grand cri et battit des
ailes : Tarare le reconnut pour cet oiseau qu'il
avait rencontré en allant chercher la sorcière
Dentue : mais dans la douleur où il était encore
abîmé, il n'y fit pas grande attention, il igno-
rait ce qui venait de se passer. Ce fut alors que
Serène le regardant avec indignation : Malheureux, lui dit-elle, comment oses-tu paraître devant mes yeux, toi qui m'avais, au péril de ta
vie, répondu de celle de ma chère Fleur-d'Épine?
C'était donc peu pour ta perfidie, de consentir
au venin cruel qui, après une langueur mortelle,
l'avait rendue effroyable ! tu l'abandonnes lâche-
ment à d'impitoyables ennemis, et aux flammes
toutes prêtes à dévorer ce qui restait de l'innocente Fleur-d'Épine, et tu ne l'abandonnes
d'une manière si barbare, que pour signaler ta
perfidie aux yeux pour qui tu l'as trahie !

Tarare fut aussi peu ému de cette longue ti-
rade de reproches, que si on les eût adressés à
quelqu'autre; il n'était rempli que de la mort
de Fleur-d'Épine, et son esprit apparemment
était allé faire un tour où il croyait trouver son
ombre : mais la magicienne, qui ne l'éprouvait
que pour le faire triompher, lui adressant encore

la parole : Va, dit-elle, recevoir le prix que les
destinées te réservent, malgré la noirceur de ton
infidélité ; c'est une récompense que ton courage
et ta fermeté méritent, pour avoir mis à fin la
plus difficile et la plus téméraire des entreprises ;
et vous, princesse, dit-elle à Luisante, choi-
sissez, ou plutôt prenez maintenant votre époux :
Tarare ne vous fut pas indifférent, avant que
d'avoir tant osé pour votre service ; tout parle
pour lui ; je vous ordonne de la part des destinées, de nommer votre époux.

Luisante regarda le beau perroquet, Tarare et
Fleur-d'Épine deux ou trois fois l'un après l'autre ; et après quelques moments de rêverie, qu'il
choisisse lui-même, dit-elle, entre Fleur-d'Épine
et Luisante.

Tarare tressaillait à ses paroles, et comme s'il
fût sorti de quelque songe, s'adressant à elle :
Belle Luisante, lui dit-il, je ne suis pas digne
d'une gloire où je n'aspire plus, et à laquelle
je n'ai seulement pas songé depuis la première
vue de l'infortunée Fleur-d'Épine. Elle n'est plus,
et mon cœur me reproche tous les moments que
je survis à cette perte ; je ne vivais que pour
elle, et le seul choix qui me reste, est de la
suivre........ Et si elle vivait, dit Serène ? Ces
trois mots le firent un peu revenir à lui, quel-

qu'ombre d'espérance s'insinua dans son cœur ;
il connaissait le pouvoir de Serène, et se jetant
à ses pieds : Si elle vivait, s'écria-t-il, qu'elle
vive ! et s'il ne faut que ma vie pour racheter la
sienne, que Tarare meure et que la belle Fleur-
d'Épine revoie la lumière du jour.

Quelqu'esprit qu'on ait, il est cent rencontres
où l'on ne sait ce qu'on fait, quand on aime
passionnément : mais il est de la bienséance d'a-
voir la raison égarée dans un sujet d'affliction
pareil à celui qu'il croyait avoir. Il était donc
si sot dans cette occasion, qu'il serait resté jusqu'à la fin du monde aux pieds de Serène, attendant la résurrection de sa maîtresse, sans deviner
qu'elle n'était pas morte.

La tendre Fleur-d'Épine, qui ne perdait pas
la moindre parole de cette conversation, était
sur son lit de repos, qui s'évanouissait presque
de reconnaissance et de joie.

Serène crut qu'il était temps de donner quelque
soulagement à la douleur d'un amant si tendre.
Elle le releva malgré lui ; car il s'obstinait à de-
meurer à genoux comme un criminel qui demande sa grâce, et bannissant cette feinte sé-
vérité, dont elle avait armé d'abord ses regards :
Venez, lui dit-elle, venez revoir votre Fleur-d'É-
pine ; et si votre constance est à l'épreuve du

changement affreux de sa figure, vivez pour elle,
comme elle vivra pour vous.

Tarare, dans les premiers transports de sa
joie, dit et fit mille choses en la voyant, qui
auraient fait mourir de rire des gens qui ne con-
naissent point l'amour. Ensuite il protesta devant
toute la cour, et en prit le ciel avec la terre à
témoins, qu'il n'aurait jamais d'autre femme
que Fleur-d'Épine. Ce fut à elle à combattre
cette résolution par des sentiments de générosité
capables de le vaincre ; elle se mit donc à protester qu'elle avait tant de tendresse et de reconnaissance pour lui, qu'elle n'en voulait point ;
qu'elle aurait conscience de lui faire perdre la
plus brillante fortune et la plus belle princesse
de l'univers, pour se donner à elle, quand
même elle se verrait les faibles appas qu'elle
avait perdus ; mais que dans l'affreuse laideur
où elle était, elle aimait mille fois mieux mourir
que d'y consentir.

La divine Luisante, et le calife son père,
jouaient un rôle assez médiocre pendant cette
généreuse contestation ; il s'en aperçut, et s'a-
dressant à Serène : Voilà, dit-il, qui serait le
plus beau du monde, de part et d'autre, si ma
fille n'y était intéressée : prétend-on, s'il vous
plaît, que belle est grande comme elle est, elle

soit sans époux ? ou faudra-t-il qu'elle s'amuse
toute sa vie de cet oiseau que vous lui venez
de rendre ? C'est vraiment une belle ressource,
pour une jeune princesse, qu'un perroquet !

Le bon prince était en train d'en dire bien
d'autres, lorsque l'illustre Serène, imposant
silence à toute l'assemblée, demanda l'attention
particulière du calife, de son conseil et de sa
cour. Il parut quelque chose de si grand dans
l'air dont elle avait parlé, que tout resta dans un
silence respectueux ; mais la femme more se mit
à trembler depuis la tête jusqu'aux pieds.

Serène prit le perroquet que tenait la princesse, et le mit à terre à quelque distance d'elle ;
ensuite elle lui toucha le haut de la tête du bout
de sa baguette, et traçant un cercle assez spa-
cieux autour de lui, on vit dans un instant une
vapeur épaisse qui en dérobait la vue. Elle en fit
de même autour du lit de repos, et toucha Fleur-
d'Épine au front ; soudain on la vit enveloppée
d'un semblable nuage.

Tandis qu'on était attentif à ce spectacle, Sonante fesait le manège autour des spectateurs,
et l'agitation de ses sonnettes rendait une harmonie tellement au-dessus de ce qu'elle avait
encore fait, qu'on en perdait la respiration.

Oh ! que les enchantements sont d'un grand

secours pour le dénouement d'une intrigue et la
fin d'un conte ! Tant que Sonante galopa, les
nuages qui enveloppaient Fleur-d'Épine et le
perroquet subsistèrent. La magicienne, qui tenait cette baguette éclatante, en frappa trois
fois la terre ; Sonante s'arrêta, les nuages se dis-
sipèrent, et à la place où l'on avait posé le perroquet, on vit l'homme du monde le plus charmant et le plus beau.

Tarare le reconnut d'abord pour le prince
Phénix son frère ; et en fit un cri d'étonnement :
mais au moment que l'autre venait se jeter dans
ses bras, s'étant retourné vers l'endroit où il avait
vu Fleur-d'Épine, elle s'offrit à ses yeux mille
fois plus fraîche et plus belle qu'elle ne lui avait
paru la première fois au bord du ruisseau, ni
qu'elle lui avait semblé, lorsqu'il l'avait consi-
dérée avec tant de plaisir, tandis qu'elle dor-
mait.

Le peuple témoignait son étonnement par des
cris redoublés et confus, les courtisans par des
exagérations, et le calife par des larmes de
joie.

Luisante considérait avec attention une métamorphose qui semblait ne lui pas déplaire ; et
Phénix tenait les yeux attachés sur les siens.

Mais le passionné Tarare, dans les transports

d'une joie immodérée, en allait donner mille
marques aux pieds de Fleur-d'Épine, si Serène
ne l'eût arrêté dans le moment qu'il s'y jetait ;
et le prenant par la main, elle le plaça auprès
de son frère : ce fut alors qu'ils s'embrassèrent
le plus tendrement du monde ; mais il fallut
interrompre toutes ces amitiés, pour Luisante
que la magicienne plaça vis-à-vis d'eux : Regar-
dez bien ces frères, lui dit-elle, consultez les
services de l'un, consultez les charmes de l'autre ;
mais surtout consultez votre cœur sur une dé-
cision que votre destinée rend irrévocable : lequel
de ces princes que vous preniez pour époux,
vous ne sauriez faire un choix indigne, ni celui
que vous choisirez ne peut refuser d'être à vous.
Tarare, que la présence de Phénix rassurait un
peu, ne laissa pas de trembler, de peur que le
diable ne la tentât de le nommer. Mais comme
il n'y avait aucune comparaison de lui à Phénix,
pour sa figure, Luisante ne balança point à choisir, et donna la main au plus beau.

Serène joignit celles de Fleur-d'Épine et de
Tarare ; c'était toute la cérémonie de mariage
de ces temps-là ; et depuis qu'il y a eu des ma-
riages au monde, jamais princes ne furent si
bien mariés, et jamais mariées ne parurent si
contentes.

Le calife qui ne l'était guère moins, ordonna qu'on tirât le canon, qu'on fît des feux de joie à chaque coin de rue, des feux d'artifice sur la rivière et dans les places publiques, qu'on fît des largesses au peuple, et que le vin coulât de toutes les fontaines au lieu d'eau ; à l'égard des magnifiques réjouissances de sa cour, il voulait s'en charger lui-même ; c'était le premier prince du monde pour ordonner un festin : mais avant que de remonter au palais pour ces soins importants, Serène lui dit que la scène qu'elle venait de commencer n'était encore finie que par la récompense que méritait la vertu ; qu'elle sentait bien qu'il y avait quelque chose à faire pour la baguette de vérité.

On avait pensé oublier la sénéchale et sa confidente, tant l'allégresse publique remplissait tous les cœurs : mais l'équitable Serène qui n'oubliait rien, les toucha au front, de son infaillible baguette ; toute la métamorphose qu'en souffrit la sénéchale, fut de quatre doigts de fard qui lui tombèrent de chaque joue, autant du front, et ce ne fut plus qu'une vieille ridée qui faisait mourir de rire dans sa coiffure printanière qu'on lui avait laissée.

Mais la figure entière de la femme More

étant disparue, l'on vit celle de l'horrible Dentue
qui s'était cachée sous ce déguisement, animée
par l'amour de la vengeance ; Fleur-d'Épine
commençait à ressentir les frayeurs qu'elle en
avait eues ; mais Serène finissant bientôt ses alarmes : Sire, dit-elle, s'adressant au calife, le
sort de ces misérables est entre vos mains ; c'est
à vous à prononcer leur sentence.

Eh bien ! dit-il, puisque cela est, je ne les
ferai point languir ; qu'on fasse venir mon grand
prévôt, qu'on allume ce bûcher, qu'on y mette
la sorcière, et la sénéchale aux petites maisons.

La douceur de Fleur-d'Épine eut beau pen-
cher vers la pitié, Tarare qui se souvenait des
cruautés qu'elle avait eues pour elle, et qui sentait encore le soufflet qu'elle lui avait injuste-
ment donné, fit confirmer la sentence de la
maudite Dentue, et personne n'eut regret à celle
de la sénéchale.

Cette illustre et charmante troupe se rendit
au palais pendant qu'on en faisait l'exécution.

Le calife donna d'abord tous les ordres né-
cessaires pour l'appareil d'une fête qui devait
être la plus magnifique qu'il eût jamais donnée,
quoiqu'il en eût fait voir de merveilleuses ; et,
tandis que tout était en mouvement pour l'exécution de ses volontés, voulant lui-même faire

les honneurs de sa cour à la respectable Serène,
il lui fesait voir les beautés d'un superbe salon
achevé peu de temps après la naissance de Luisante : il ne pouvait sans doute occuper plus
dignement l'attention de la savante magicienne ;
car à peine avait-elle rien vu de si merveilleux,
ou de plus éclatant dans cette demeure inaccessible qu'elle s'était faite. Le calife, voyant qu'elle
en témoignait de l'admiration : N'allez pas
croire, lui dit-il, que ce soit moi qui aie
imaginé tout cela. Vous saurez que, pendant
la grossesse de la feue reine, j'eus un songe,
dans lequel il me parut qu'elle accouchait d'un
méchant petit dragon, qui se mit à me manger
le blanc des yeux dès qu'il fut au monde ; je
consultai les savants sur un songe qui me donnait
beaucoup d'inquiétude : les uns dirent que j'aurais un fils qui me déposséderait, après m'avoir
fait crever les yeux ; d'autres assurèrent qu'il
ne ferait qu'obscurcir ma gloire, soit par les
armes, soit par la vivacité d'un esprit qui devait effacer les lumières du mien. Je ne fus
en peine que de la première explication ; enfin
celui qui se vantait d'être le plus habile, m'assura que ce fils menaçait la tranquillité de mes
jours ou de mon état, à moins que je ne pusse
élever ce bâtiment avant sa naissance ; il m'en

donna le dessin tel que vous le voyez, et il
l'entreprit; mais quelque diligence qu'il pût
faire, la calife, mon épouse, accoucha de Luisante, avant qu'il pût être achevé; toutes mes
alarmes cessèrent, quand, au lieu de ce maudit
dragon de fils que m'annonçaient leurs prédic-
tions, je me vis la plus jolie fille qui vînt jamais au monde : la vérité est qu'elle n'y vint que
trop belle, comme nous l'avons éprouvé depuis ;
car si vous et Tarare n'y eussiez mis la main,
à l'heure que je vous parle on ne verrait que
des quinze-vingts dans ma cour. Mais vous qui
savez tout, poursuivit-il, que voulait dire cette
interprétation d'un fils au lieu d'une fille ? à
quelle fin ce salon avec tous ces ornements ?
et enfin que voulait dire mon songe ? car il faut
bien qu'il ait quelque rapport à Luisante, puisqu'il était question d'yeux.

Le voulez-vous savoir, dit Serène ? en voici
l'éclaircissement : Votre songe était purement un
songe, vos interprètes des imposteurs ou des
ignorants, et celui qui vous a conseillé ce salon
un architecte qui voulait profiter de l'avis qu'il
vous donnait : mais allons rejoindre nos amants,
ce sera là que vous apprendrez quelque chose de
plus particulier sur ce que les yeux de Luisante
ont eu de fatal pendant un temps.

Les deux frères ne s'étaient point ennuyés
pendant tout ceci, ils étaient passionnément
amoureux et favorablement écoutés des deux
plus charmantes personnes du monde, il est
vrai que c'étaient des beautés différentes : celle
de Luisante surprenait davantage ; mais celle
de Fleur-d'Épine était plus touchante ; l'une
éblouissait, et l'autre s'insinuait jusques au fond
du cœur, à mesure que l'on examinait mille
charmes qui n'ont point de nom, et qu'on sent
bien mieux qu'on ne peut exprimer.

Le beau Phénix, après avoir renouvelé ses caresses à un frère qu'il aimait tendrement, était
sur le point de satisfaire au désir qu'il avait d'apprendre ses aventures depuis leur séparation,
quand le calife les rejoignit avec l'illustre Serène.

Tarare les ayant suppliés de trouver bon que
ce récit se fît en leur présence, Phénix le commença de cette manière.

HISTOIRE

DE PHÉNIX

—

En nous séparant, le prince Pinçon et moi, pour chercher les aventures.... Et qui est, s'il vous plait, le prince Pinçon, dit le calife ? Moi, sire, dit Tarare ; et ce fut sans savoir pourquoi, que j'ai quitté ce nom pour prendre celui que je porte et que je suis résolu de porter toute ma vie, puisque sous ce nom je me suis fait connaître à la belle Fleur-d'Épine.

Il leur apprit alors ce qu'ils ne savaient pas de ses aventures jusqu'à cette séparation dont son frère venait de parler ; et Phénix, reprenant la parole : Nous étions convenus, dit-il, comme il vient de vous dire, que celui qui n'aurait pas réussi dans le projet de s'établir, reviendrait se mettre en possession de nos états, en cas que l'autre eût fait fortune ailleurs. Pour moi, j'y renonçai dès ce moment, et fier des avantages que je croyais avoir, je ne songeai qu'à promener ma figure par le monde, pour la faire

admirer : mais les cœurs qui se rendirent d'a-
bord, n'ayant pas de quoi m'engager, ni du
côté des charmes, ni de celui de la fortune,
je crus que je trouverais mieux mon compte
en Circassie, pays de tous temps fameux pour
les beautés.

Une reine le gouvernait depuis la mort du
roi son époux, qui lui avait laissé quatre filles,
dont l'aînée devait régner quand elle en aurait
atteint l'âge.

Ce fut sur cela que je formai le projet de
mon établissement : mais la fortune qui me ré-
servait un bien infiniment plus précieux, en dis-
posa tout autrement; car, avant que d'y arriver,
j'appris le désastre de la famille royale, par une
révolution toute surprenante.

Un certain petit prince s'étant prévalu de
quelques prétentions mal fondées, pour émou-
voir un peuple inquiet et changeant, après avoir
corrompu la fidélité des grands du royaume, avait
trouvé moyen de s'emparer de la souveraineté,
si soudainement, que la reine avait à peine eu
le temps de se sauver avec ses filles.

Je traversais ce royaume à la hâte, ne voulant point faire de séjour chez une nation
si perfide, lorsqu'on m'arrêta par ordre du tyran,
à qui tous les étrangers étaient suspects, comme

6.

il arrive d'ordinaire dans une usurpation mal affermie.

Lorsque je fus en sa présence, je ne lui cachai ni mon nom, ni ma qualité ; j'en reçus un accueil auquel je ne m'attendais pas ; je ne sais ce qui prévint en ma faveur un prince qui ne devait pas faire profession de générosité ni de courtoisie ; mais enfin, après m'avoir retenu plus longtemps que je n'eusse voulu, dans une cour où l'on me rendait les mêmes honneurs qu'à lui, il fit ce qu'il put pour m'arrêter par celui de son alliance, en m'offrant sa fille unique, princesse qui paraissait avoir autant de penchant pour le mariage, que sa figure en donnait d'éloignement. Sa personne était toute contrefaite, et ses petits yeux m'avaient annoncé sa bonne volonté longtemps avant la proposition de son père : mais j'eus en horreur l'alliance d'un usurpateur ; et, sans me vanter, ce fut avec assez de hauteur que je rejetai son offre et que j'envoyai promener sa petite bossue.

Je sortis de la Circassie, lorsque le hasard me conduisit dans un vieux château, superbe à la vérité, mais que je crus d'abord inhabité ; car je fus longtemps sans y rencontrer personne. Ceux qui demeuraient dans ce sombre séjour, se renfermaient chacun dans son particulier, et semblaient s'éviter avec soin, lorsqu'ils en sortaient. Je fus surpris d'une coutume si sauvage, car il me parut qu'il n'aurait tenu qu'à eux de se désennuyer en s'humanisant les uns avec les autres.

Je cherchais à qui parler pour m'en rendre raison, lorsque j'entrai dans un appartement assez propre; il n'y avait pas une âme, cependant j'y vis une table, des cartes, des jetons et des chaises rangées autour.

Un moment après arrivèrent quatre pies, suivies chacune d'un sansonnet qui leur portait la queue. Une corneille assez sérieuse les accompagnait.

Les pies, après m'avoir salué fort civilement, se mirent à jouer, et la corneille à travailler.

Fleur-d'Épine et Tarare, qui n'avaient cessé de se regarder pendant ce récit, se poussèrent à l'endroit des pies. Luisante qui n'avait pas ôté les yeux de dessus le beau Phénix, depuis qu'il avait commencé son récit, parut douter s'il parlait sérieusement. Serène sourit d'une aventure qui ne lui était pas inconnue; mais le calife se tenait les côtés de rire. Oh! pour celui-là, disait-il, mon gendre, vous êtes un peu voyageur; pour les pies, à qui on porte la queue, et qui font la révérence, passe; mais des pies qui jouent aux cartes, on n'en a guère vu.

Phénix, après avoir protesté de la vérité de
son récit, je fus longtemps, poursuivit-il, à regarder un jeu où apparemment il n'y a jamais
eu que des pies qui aient joué ; pour moi, je
les aurais regardées jusqu'à ce moment, sans y
rien comprendre. Enfin je vis tout-à-coup une
petite pie assez éveillée, qui, après avoir dit
un certain mot dont je ne me souviens plus,
sauta sur la table ; je ne sais comment j'ai pu
oublier ce mot, car les autres pies s'égosillèrent
à force de le répéter. La sérieuse corneille le
prononça gravement, et jusqu'aux petits sansonnets qui mouchaient les bougies, tout se
mêlait de le répéter en concert. J'en fus tellement étourdi, que je les quittai brusquement,
ne sachant pas trop bien si je rêvais, ou si tout
ce que je venais de voir était réel.

Au sortir de ce royaume, j'entendis parler
de Cachemire ; j'appris que dans le plus beau
séjour de l'univers était la plus belle princesse
du monde.

Je ne songeai plus qu'à m'y rendre en diligence ; on eut beau m'étaler tous les dangers où
on s'exposait auprès de ses yeux ; quel danger,
disais-je, que celui d'en être épris, et de mourir
en les adorant, si on ne peut trouver grâce devant eux ; car je traitais de fable le poison mortel

de ces regards éblouissants dont on me faisait une description si merveilleuse, et dont on contait tant d'événements tragiques. Ce n'est point à Phénix, disais-je, flatté d'une vanité ridicule, ce n'est point à Phénix que l'éclat excessif de la beauté doit être fatal; allons la chercher au travers de tous les périls chimériques qui l'environnent; et si ses charmes ont un poison si redoutable, qu'elle en partage au moins la fidélité en voyant Phénix. Je ne vous fais ici, belle Luisante, l'aveu d'une vanité si ridicule, que pour m'en punir, de la honte que j'en ai.

L'intérêt secret qui m'entraînait vers vous, me fit négliger les précautions que demandaient tous les périls dont on me menaça, si je faisais choix d'une mauvaise route. Je me moquai de tout ce qu'on me dit de celle où la sorcière Dentue avait établi la scène de ses enchantements; et comme c'était la plus courte, je m'y embarquai témérairement, et m'en repentis bientôt.

Je ne vous parlerai point des avis qu'on me donnait, à mesure que j'avançais dans ce chemin; je traversai des campagnes désertes, des rochers affreux; et après mille incommodités, je m'enfournai dans un bois, où mille monstres s'offrirent à mon passage pour me boucher le chemin.

Je voulus faire le brave contre les griffons
qui voltigeaient au-dessus de ma tête, tandis que
des hydres et des léopards m'environnaient de
tous côtés. Je mis l'épée à la main, je crus
avoir blessé quelques-uns de mes ennemis ;
mais après un long combat où mes forces s'é-
puisèrent, et où je m'aperçus qu'on aimait mieux
me prendre prisonnier que me tuer, je me sentis enlever sans savoir comment, et on me des-
cendit au milieu d'un assez beau jardin où la
sorcière cueillait quelques herbes.

De ces herbes elle avait dessein de composer
quelque horrible sortilège ; car il y fallait mêler
le sang tout chaud d'un homme nouvellement
égorgé. C'est ce que j'ai su depuis pendant ma
métamorphose ; et c'est pour cela que ces griffons me mirent tout en vie à ses pieds. Sa figure
me parut horrible ; mais la mienne trouva grâce
dans le cœur le plus impitoyable qui fut jamais.
Je m'en aperçus, et je sus bientôt à quel prix
je pouvais me racheter. Elle me dit que si je
voulais l'épouser, elle me rendrait maître d'un
trésor inestimable, outre ceux de sa personne,
sinon que je ne serais pas en vie, quand les premiers rayons du soleil éclairciraient la terre ; et
pour me donner le temps de rêver à ce choix,
elle me quitta sans attendre de réponse.

Je n'avais pas trop d'envie de mourir : cependant ce parti me parut plus honnête et moins difficile à prendre que l'autre.

Si je refuse sa détestable main, disais-je, je vais ici faire une illustre fin ; et si je l'accepte, ce sera un glorieux établissement que je me serai fait, après être venu de si loin le chercher ; je me serai flatté du vain espoir de plaire à la divine Luisante, elle dont aucun mortel n'a pu soutenir les regards ; j'aurai aspiré même à la gloire d'être à elle, pour me voir à la fin réduit au choix d'être le mari d'une sorcière effroyable, ou de mourir obscurément dans une retraite affreuse, où personne ne pourra s'imaginer que je sois venu.

Ces réflexions étaient désagréables, de quelque manière qu'on les pût tourner ; cependant l'endroit où je les faisais me parut enchanté. J'y vis les plus beaux fruits du monde, et surtout des figues qui me parurent délicieuses ; c'était le fruit qui était alors le plus à mon goût. J'en choisis une parmi les plus belles ; je ne l'eus pas plutôt cueillie, que j'oubliai mon inquiétude ; et dès que je l'eus mangée, je m'endormis.

A mon réveil je me trouvai changé en oiseau ; la sorcière, dont les cris m'avaient éveillé, était auprès de moi, qui se désespérait d'une métamorphose qui ne convenait pas à ses desseins.

Elle soupçonna Fleur-d'Épine d'y avoir contribué, sans imaginer pourtant de quelle manière, et elle jura qu'elle l'en punirait; j'entendais toutes ses plaintes et toutes ses menaces. Mais la vérité est que cette aventure me paraissait si surprenante, que je me flattais que c'était un songe, et j'attendais avec impatience qu'un favorable réveil me délivrât de ces horreurs. Je l'attendis en vain.

La sorcière me prit sur le poing, me fit toutes les caresses qu'on peut faire à un oiseau, et me dit qu'il fallait avoir patience, que dans huit ou dix jours elle aurait achevé certaine composition qui me rendrait ma première forme; mais que je me gardasse bien de manger du sel, si par hasard j'en voyais; elle me laissa dans ce beau jardin après ce discours, et après y avoir cueilli beaucoup d'herbes qui m'étaient inconnues.

Jugez du désordre et de la consternation où cette aventure m'avait mis; je voulus déplorer mon malheur. Mais au lieu de m'écrier : infortuné Phénix, je me mis à dire : perroquet mignon, et pour toutes les plaintes et les exclamations que

j'avais au bout de la langue, je dis toutes les
impertinences qu'on apprend aux perroquets, et
que les perroquets les plus importuns disent tout
de suite ; j'en fus si confus que je résolus de ne
plus rien dire.

Comme il m'était permis de voltiger par tout
le jardin, je voyais souvent, du haut de quelque
arbre, la maison de la sorcière ; mais toutes les
fois que je voulus voler de ce côté-là, mes ailes
refusèrent de me soutenir, et je jugeai qu'il était
inutile de tenter ce voyage à pied.

A l'égard de tous les autres lieux aux environs,
il m'était permis d'y voler ; ce fut dans une de
ces promenades que je vis un jour une femme
qui sortait d'une méchante cabane couverte de
paille ; elle avait un petit sac sous son bras, elle
s'assit au bord d'un petit ruisseau, y lava quelques poissons qu'elle avait dans un panier, et se
mit à les saler ; je me souvins de la défense
qu'on m'avait faite ; je m'imaginai qu'on ne
m'avait défendu le sel, que de peur que sa vertu
ne me rendît ma première forme.

Je me mis à terre auprès de cette femme ; ma
beauté la charma, et comme je lui parus fort
apprivoisé, quand elle eut couru quelque temps
après moi, je m'élevai soudainement en l'air,
et ayant enlevé le sac de cette pauvre femme,

7

je fus le cacher dans un buisson détourné ; je re-
gagnai promptement le jardin de la sorcière,
après cet exploit, n'osant rester plus longtemps
dehors pour l'épreuve que je méditais : mais le
lendemain le soleil n'était pas encore levé, que
j'étais en campagne.

Ce fut ce jour que je vis mon cher frère ; ma
surprise, à cette rencontre, fut égale à ma joie.
Je mourais d'envie qu'il me prît ; mais au lieu
de cela, il s'amusa à me considérer. Je me hâtai
d'essayer l'effet du sel que j'avais caché. Mais il
eut peur qu'il ne me fît mal ; je voulus l'avertir
du danger où il était, si près de la sorcière, et
je fis un éclat de rire, au lieu de parler. Ce fut
alors que, dans l'admiration de ma figure et de
mon plumage, il prononça par hasard mon nom
en voulant me flatter. Je voulus lui dire : oui,
mon cher frère, je suis Phénix ; mais au lieu de
cela, je ne pus prononcer que Tarare, et je me
sentis contraint de m'envoler, quoique j'en fusse
au désespoir.

Deux jours après, au milieu des inquiétudes
où j'étais pour la destinée de Pinçon, j'entendis
du jardin les hurlements effroyables de la sorcière.

C'était vous, pour qui je craignais tant, mon
cher frère, qui causiez son désespoir. Vous ve-
niez d'enlever ses trésors, et de désarmer sa

fureur ; car la force de ses enchantements con-
sistait dans sa jument et le chapeau dont vous
étiez en possession ; ce fut alors qu'il me fut
permis de voler vers sa demeure ; je ne pus y
parvenir que dans le temps qu'elle revenait de
vous poursuivre. Je fus témoin de sa rage et
de ses regrets, dans un vieux chêne auprès de
l'écurie où je m'étais caché. Au moins, s'écria-
t-elle, ai-je le plaisir d'être à moitié vengée de
la trahison de l'infâme Fleur-d'Épine ; le voleur
qui l'a séduite pour me trahir, la laisse au lieu
de Sonante, presque étouffée sous ce foin. Ache-
vons-en la vengeance ; à ces mots, elle entra
dans l'écurie où elle avait été trompée par la
coiffure de Fleur-d'Épine, que le misérable Dentillon portait, sans pouvoir avertir sa mère que
c'était lui; Dentue, sans y regarder de plus près,
mit le feu au foin, et ferma la porte de l'écurie
en sortant, tant elle avait peur que la misérable
victime n'échappât.

Elle courut ensuite chez elle pour revoir les
seules consolations qui lui restaient dans son malheur. Mais elle n'avait garde de les y trouver :
car j'étais dans le chêne où je me tenais clos et
couvert, tandis que j'entendais les hurlements de
son fils unique, à qui les flammes avaient rendu
l'usage de la voix, en brûlant le foin dont on lui
avait rempli la bouche.

Cependant, la sorcière qui n'avait rien trouvé
chez elle, se doutant de quelque nouveau malheur, revint à l'écurie qu'elle trouva toute en
feu, elle ne laissa pas d'en ouvrir la porte, et
vit au travers des flammes et de la fumée, ses
chères espérances qui finissaient leurs jours par
le même genre de mort que le ciel avait réservé
pour la mère.

Le vilain crapeau fut grillé qu'il n'y manquait
rien.

Le cri qu'elle en poussa, fut si terrible, que
j'en frémis d'horreur, et le chêne où j'étais en
fut ébranlé; il fut si violent, que cette longue
dent qui lui sortait de la bouche, sauta plus de
cinquante pas loin d'elle, brisée en mille mor-
ceaux. Une autre n'aurait pas regretté cette perte.
Mais pour elle, sa furie en augmenta; c'en est
fait, s'écria-t-elle, tous mes charmes m'aban-
donnent, recourons à l'artifice. Ce fut en achevant ces mots qu'elle courut à sa demeure, et
que je sortis de mon trou pour me sauver pendant son absence. Je volai tant que je pus. A
l'entrée de la nuit je rencontrai le buisson où
j'avais caché mon sac de sel; je commençai d'espérer que la sorcière ne me trouverait pas; grâces
au ciel, disais-je, me voilà délivré de la cruelle
nécessité de choisir entre la mort et cette ragoû-

tante épouse. Mais aussi me voilà perroquet
pour le reste de mes jours.

Je ne vous dirai point tout ce que j'eus à
souffrir avant que de parvenir au climat heureux
qui devait finir mes misères. Je pensai mourir
de faim dans les lieux déserts où je ne trouvais
point de fruits ; d'ailleurs, comme je n'étais
point accoutumé à voler, je ne faisais que de
très petites traites : tous ceux qui me voyaient,
couraient après moi pour me prendre. Je n'avais
de retraite que le haut des arbres, où je n'étais
pas trop en sûreté contre les maudits petits garçons qui m'attaquaient à coups de pierre, ou qui
grimpaient après moi.

Je me remis enfin de toutes mes fatigues,
dès que je fus dans ce séjour enchanté ; l'infer-
nale Dentue m'avait suivi, sans que je m'en
fusse aperçu, je n'avais garde de la reconnaître
sous la figure qu'elle avait prise ; elle arriva bientôt après moi sur les confins de Cachemire ; elle
me côtoyait partout, sans faire semblant de rien ;
j'étais assez accoutumé à me voir admirer de tous
ceux qui me voyaient ; ainsi, je ne fus point
surpris de son attention. Je savais me mettre hors
d'atteinte, quand on m'approchait de trop près.

Comme j'étais assez embarrassé de ce que je
deviendrais, quoique je fusse dans un pays où

cent millions de perroquets eussent pu vivre en
rois, j'étais de temps en temps fort rêveur ; elle
s'en aperçut, et me regardant avec affection au
haut de l'arbre où j'étais : Quel dommage, dit-
elle, qu'un si beau perroquet soit égaré ! Sans
doute il est à quelque roi, ou à quelque beauté
qui se désespère, à l'heure qu'il est, de l'avoir
perdu ; que sais-je s'il n'est pas à la plus belle
des belles ? Mais s'il avait été à Luisante, jamais
il n'aurait préféré sa liberté au plaisir de la voir ;
s'il n'était pas trop sauvage, continua-t-elle,
voyant que je descendais de branche en branche
pour l'écouter, s'il n'était pas trop sauvage, il
se laisserait prendre, et il serait à la belle Luisante, le plus beau présent que puisse fournir
le royaume de son père, en lui donnant le plus
bel oiseau du monde. Qu'il serait heureux, con-
tinua la flatteuse sorcière, de faire les délices de
ce qu'il y a de plus beau dans l'univers !

Qu'elle savait bien à qui elle parlait, l'insi-
nuante Dentue ! J'en étais si transporté, qu'elle
n'eut qu'à me rendre le poing, en achevant de
parler. J'y sautai le plus légèrement que je pus.

Il ne s'en fallut rien que cet empressement ne
me fût aussi funeste qu'il était grand ; je vis ses
regards changés dans le moment qu'elle m'eut
en sa puissance ; ses yeux parurent étinceler ; elle

me serra les pattes d'une main, et me porta deux
fois l'autre au cou pour me le tordre. Je ne comprenais rien à ce transport. Mais je n'ai pas eu
de peine à l'entendre, quand la baguette de Serène nous a fait voir l'horrible Dentue cachée
sous cette figure.

Elle résista donc, heureusement pour moi, aux
premiers mouvements que la vengeance ou la fureur lui avait inspirés ; il convenait à ses desseins de m'épargner ; cependant, elle mit bon
ordre à ce que je ne pusse échapper jusqu'à notre
arrivée dans cette cour. Ce jour fut le commen-
cement de mon bonheur ; mes yeux de perroquet
soutinrent l'éclat fatal de ceux de l'adorable
Luisante, et par un charme qui m'était inconnu,
des gens qui n'auraient osé la voir à cinquante
pas, n'avaient qu'à me prendre pour la regarder
tout à leur aise. Je ne veux point ici parler des
transports de joie que je sentais aux innocentes
caresses qu'elle me faisait. Enfin, j'ai commencé
sous cette figure, à plaire aux plus beaux yeux
du monde ; trop heureux si celle que j'ai reprise
lui pouvait être aussi agréable.

Le beau Phénix cessa de parler.

Le calife trouva les aventures de son gendre
assez divertissantes, il lui sut bon gré de n'avoir
point voulu de la princesse bossue qu'on lui avait

offerte en Circassie. Mais, seigneur Phénix, lui
dit-il, mettez la main à la conscience ; si par
bonheur on ne vous eût changé en perroquet,
n'eussiez-vous pas plutôt épousé la sorcière, sa
mère, sa grand'mère, et toutes les Dentues du
monde, que de vous laisser égorger comme un
sot ? Pour moi je suis peut-être aussi délicat qu'un
autre. Mais après tout, il n'est que de vivre. Ne
parlons plus de ce que vous eussiez fait, j'espère
au moins que le royaume de Cachemire, que
vous aurez, quand je n'en voudrai plus, et la
main de Luisante que vous avez dès à présent,
vous dédommageront un peu du refus que vous
avez fait de l'infante de Circassie.

A l'égard de votre frère Pinçon, quoiqu'il ne
soit pas si richement marié, il me paraît si content de sa femme et de sa belle-mère Serène,
qu'il ne vous portera point d'envie ; car avec son
savoir faire, ses petits états, et ce que Serène lui
pourra laisser un jour, il ne laissera pas d'être à
son aise.

La modeste Fleur-d'Épine, qui, sans ambition, eût souhaité d'être héritière de l'univers,
rougit de ce que le calife venait de dire ; elle
n'eut point honte qu'une personne aussi merveilleuse que Serène lui eût donné le jour ; mais
ce ne fut pas sans confusion pour elle, qu'on

venait de marquer tous les avantages dont Luisante faisait le bonheur de son époux, et que Tarare avait tout refusé pour elle.

L'équitable Serène vit son embarras, et connut sa pensée. Ce fut alors que demandant un peu d'audience à son tour :

Calife de Cachemire, dit-elle, vous qui sans doute avez quelques obligations à Tarare, sachez qu'il n'aura pas lieu d'envier l'établissement de son frère. Vous avez vu la préférence qu'il a faite de Fleur-d'Épine mourante, de Fleur-d'Épine effroyable, et pour tout dire, de la mémoire de Fleur-d'Épine, à la possession de Luisante dans tout l'éclat de sa gloire. Jugez si, dans l'état où vous la voyez maintenant, il ne doit pas être content de sa fortune. Mais sachez que Serène n'est point sœur de l'infâme Dentue, ni Fleur-d'Épine fille de Serène. Voici son histoire et la mienne.

HISTOIRE

DE SERÈNE.

—

Entre le Tigre et l'Euphrate se trouve une vaste étendue de plaines, dont rien n'égale l'heureuse fertilité, si ce n'est le royaume de Cachemire. Mon père en était souverain, c'était de tous les mortels, celui qui avait le plus pénétré dans les secrets les moins pénétrables de la nature. Mais comme il se livrait tout entier à la spéculation, il négligea le gouvernement de ses états, pour s'informer comment les étoiles se gouvernent là haut.

Son pays, arrosé par les deux plus grands fleuves de l'univers, était si riche, que ses sujets le devinrent trop. Les plus puissants sentirent leur force, et connurent sa faiblesse. Chacun s'établit comme il voulut, tandis que leur prince, loin de s'en mettre en peine, parut ravi d'être débarrassé d'un pays sans montagnes; il lui en fallait pour se perfectionner dans des connaissances qui lui coûtaient tant. Il quitta donc ses états pour en

chercher ; et tandis que de montagne en montagne, il s'entretenait avec les mouvements des
cieux, on se mit paisiblement en possession de
ce qu'il abandonnait sur terre.

Cette nouvelle ne l'émut point. L'amour seul
en fut capable ; et ce ne fut pas le moindre effort
de sa puissance, que de triompher d'un génie
qui s'abîmait dans les méditations abstraites de
ce qu'il y a de plus relevé.

Je ne sais par quel hasard il quitta le sommet
de ces montagnes pour descendre en Circassie.
Mais ce fut là qu'un penchant plus vif que celui
qui l'avait entraîné jusqu'alors, lui donna du goût
pour les beautés mortelles. Il devint amoureux ;
et la plus belle des Circassiennes ne dédaigna pas
la main d'un prince dépouillé de ses états.

Je ne sais si elle ne s'en repentit point ; car,
au lieu de songer à son établissement, il se hâta
de regrimper sur ses montagnes. Quelque choquée que fût son épouse d'un empressement qui
ne devait pas se mêler aux charmes nouveaux
d'un mariage d'inclination, elle voulut le suivre ;
et ce fut sur cette montagne que Tarare et Fleur-
d'Épine ont passée pour venir ici, que mon père
fixa ses spéculations errantes.

Il choisit pour sa retraite, cette partie de la
montagne que des rochers et des précipices

rendent affreuse. Ce fut là qu'il se mit à fouiller dans les entrailles de la terre, après avoir puisé dans les régions célestes, tout ce que l'esprit humain est capable d'en apprendre.

Bientôt il eut atteint la perfection presque inaccessible de ce travail merveilleux, où les races suivantes virent tant d'esprits solides devenir visionnaires, et tant de solides trésors dissipés, pour courir après un bien imaginaire.

L'accomplissement de cet ouvrage ne lui laissa rien à souhaiter ; il convertissait à son gré tous les métaux en or, et les puissances invisibles répandues dans les airs, obéissaient à ses commandements. Il se fit, par leur ministère, un palais dans le milieu de cette montagne, où les choses même du plus vil usage éclataient par l'or, ou brillaient par les pierreries.

Ce fut dans cette nouvelle habitation que je vins au monde ; l'année d'après, ma mère y mit une seconde fille ; j'eus l'inclination de mon père pour les sciences, ma sœur eut celle de ma mère avec sa beauté. Mais toute merveilleuse que fût la retraite où nous étions, ma mère, aussi bien que ma sœur, s'ennuyèrent de la solitude. L'une voulait revoir un pays qui lui avait donné le jour, l'autre souhaitait de faire un tour dans ces plaines délicieuses, situées entre le Tigre et

l'Euphrate, que son père avait abandonnées pour
le désert où elle séchait d'ennui.

Il s'en aperçut, et malgré toutes les façons
qu'elles firent pour ne pas le quitter, ma mère
partit pour la Circassie, où ma sœur l'accom-
pagna, beaucoup plus contente qu'elle ne le
parut, en nous disant adieu.

L'argent ne coûtait rien à un homme qui pos-
sédait le secret dont il était maître ; et l'équipage magnifique avec lequel elles arrivèrent dans
le pays de ma mère, était digne de la première
fortune de son époux.

Le roi de Circassie n'eut pas plutôt vu ma
sœur, qu'il la trouva digne d'une préférence glorieuse sur toutes les Circassiennes. Les plus belles furent au désespoir de voir qu'une étrangère
venait leur enlever un cœur qu'elles s'étaient
vainement disputé ; les unes en séchèrent d'envie, les autres en crevèrent de dépit, mais ma
pauvre mère en mourut de joie.

Mon père apprit ces deux nouvelles à la fois,
et les reçut en vrai philosophe ; pour moi j'avoue
que la joie de l'une m'aida beaucoup à me consoler de la douleur de l'autre. Je ne songeai plus
qu'à me perfectionner dans les sciences, où je
faisais assez de progrès, et dont je sentais augmenter le goût, à mesure que je me sentais acqué-
rir de nouvelles lumières.

Enfin mon père, après m'avoir communiqué toutes celles dont mon esprit était capable, voulut bien se laisser mourir, pour chercher dans l'autre monde ce qu'il n'avait pu découvrir dans celui-ci. Il se laissa, dis-je, mourir; car avec les secrets qu'il avait, il n'aurait tenu qu'à lui de vivre tant qu'il eût voulu.

J'héritais de ses trésors et d'une partie de ses connaissances; mais, de tous ses dons, cette baguette que vous voyez est infiniment le plus précieux, elle est composée de l'assemblage de toutes les vertus secrètes des minéraux et des talismans; par elle je commande aux éléments, je découvre la vérité de tout, une partie de l'avenir m'est présente, et je rappelle tout le passé; mon père m'avait défendu de monter jusqu'au haut de la montagne que nous habitions. Cette curiosité que je n'avais jamais eue auparavant, me vint tourmenter au moment qu'il me l'eut défendue; et dès qu'il eut les yeux fermés, je la satisfis.

Ce fut de là que, contemplant avec étonnement les plaines enchantées du bienheureux Cachemire, je fis transporter ce que je voulus des trésors immenses dont mon père avait enrichi les cavernes de cette montagne; et de peur que l'affluence de ceux qui viendraient me consulter,

n'interrompit les heures de repos ou d'étude dont
je voulais être la maîtresse, je rendis ma demeure
inaccessible à tout ce que je ne voulais pas y
recevoir.

J'y goûtai tout ce que la tranquillité d'esprit
a de plus aimable pour les mortels ; et loin d'envier l'établissement de ma sœur sur le trône de
Circassie, rien ne troubla la paix dont mon cœur
jouissait, que mon inquiétude pour elle.

Comme elle avait eu trois filles de suite, je
consultai mes livres sur leur destinée et la sienne ; j'appris qu'elle n'aurait plus d'enfants, et que
le roi son époux la laisserait bientôt veuve et ré-
gente de ses états. Je trouvai dans l'horoscope
de l'aînée de ses filles, qu'elle était menacée de
quelque désastre : mais ce fut en vain que je
mis tout en usage pour en savoir les particularités. Je connus seulement qu'une puissance ennemie, presqu'égale à la mienne, la devait per-
sécuter. J'eus recours à ma baguette, et en ayant
passé le bout sur une peau de parchemin que
j'ouvris sur la table, elle y traça elle-même l'horrible figure de Dentue, elle décrivit la situation
de sa demeure, ses sortilèges et ses inclinations.
J'eus horreur d'apprendre que la plus horrible
des créatures avait encore plus de penchant à
l'amour qu'à la haine ou à la cruauté, que son

art n'était employé qu'à faire tomber les hommes
dans ses piéges, et que la mort était la seule ressource de ceux qui dédaignaient de s'en garantir
par une complaisance encore plus funeste. Cependant je découvris avec douleur, que tant
qu'elle serait maîtresse de la jument Sonante et
du chapeau lumineux, mon pouvoir ni mes enchantements ne pourraient rien contre les siens.

J'appris par ma baguette, qu'elle avait un fils
à peu près de l'âge de l'aînée des filles de ma
sœur, et je ne doutai point que son dessein ne
fût d'enlever l'héritière de Circassie pour la donner à ce fils : c'est pourquoi je voulus la prendre
sous ma protection. Ma sœur me l'envoya se-
crètement, mais cette précaution pensa la perdre;
la sorcière trouva le moyen de l'enlever presque
d'entre mes bras, dans le moment qu'elle venait de m'être remise. J'avais eu beau la faire
passer pour ma fille, la cruelle Dentue ne s'y
laissa pas tromper, et toute ma vigilance fut
inutile pour défendre la pauvre petite Fleur-
d'Épine contre l'inhumaine sorcière. Oui, calife
de Cachemire, cette même Fleur-d'Épine que
vous voyez, et que vous aviez si hâte de brûler,
est héritière du royaume de Circassie; elle me
fut donc enlevée sans que je susse de quelle
manière : mais ni mon art, ni toutes les puis-

sances du monde, ne l'auraient pu délivrer de
celle de la sorcière, si Tarare ne l'avait entrepris ;
cette gloire était réservée par les destins à l'amant
le plus ingénieux, aussi bien qu'au plus fidèle ;
je connus qu'il fallait ces deux qualités à celui
qui enlèverait la jument et le chapeau de la sorcière : mais je ne savais où trouver un homme
de ce caractère.

Dans ce temps là Luisante vint au monde ; et
mes livres que je consultais sur sa naissance,
m'ayant appris ce que ce devait être un jour cette
beauté, je fis répandre une contagion secrète sur
l'éclat naissant de ses yeux, bien assurée qu'on
aurait recours à moi pour y remédier ; et fort
résolue de ne le faire, qu'à condition qu'on me
livrerait Fleur-d'Épine avec les trésors de la
sorcière.

La curiosité de Tarare l'avait heureusement
conduit chez moi, avant que de se rendre à la
cour, et ce que je découvris de son esprit et de
ses sentiments, me fit espérer que s'il osait tenter
l'aventure, il ne serait pas indigne d'y réussir.
J'en eus encore meilleure opinion, lorsque je le
vis revenir à quelque temps de là pour me consulter ; je ne le vis point embarrassé des choses
que je proposai pour prix du secours qu'on me
demandait, quoique j'en eusse étalé tout le dan-

ger ; et lui ayant demandé s'il connaissait quelqu'un d'assez téméraire à votre cour, pour rendre service à la belle Luisante à ce prix, il ne faut, dit-il, que beaucoup d'ambition ou beaucoup d'amour pour l'entreprendre, et l'espérance seule d'en être avoué de vous, suffit pour tout oser, sans autre motif que celui de la gloire.

Je ne vous dirai point la joie que me donna cette réponse d'un homme que je commençais à beaucoup estimer ; je ne doutai point que ce ne fût lui que les destinées avaient marqué pour le libérateur de Fleur-d'Épine.

Je lui fis espérer que je ne lui serais pas contraire, s'il entreprenait ce que je lui peignis encore plus dangereux que je n'avais fait ; il n'en fut point ébranlé. Je lui tins parole, et quoiqu'il ne me fût pas permis de l'assister toujours, mon génie a souvent inspiré le sien dans l'exécution ; mais après tout, c'est à son esprit, à sa fermeté, mais plus que tout à sa constance, que la gloire en est due.

Tandis qu'il était en chemin pour aller chez la sorcière, j'employai ma baguette pour satisfaire la curiosité que j'avais sur Fleur-d'Épine ; elle m'en traça la figure et les souffrances dans les tristes occupations de sa vie ; je trouvai sa figure digne de récompenser ce qu'on entreprenait pour elle, je ne crus pas qu'il fût nécessaire de toucher le cœur de Tarare pour elle, si son esprit et ses sentiments répondaient aux charmes de sa personne : mais j'avoue que j'inspirai des mouvements favorables pour lui à Fleur-d'Épine, qu'une première vue n'aurait pas attirés, mais qu'il n'aurait que trop mérités sans mon secours, avec un peu de temps.

Ma joie fut extrême, quand je les sus arrivés dans ce royaume ; et quoiqu'il y eût un peu de cruauté à rendre ma demeure inaccessible, lorsqu'il y voulut mener Fleur-d'Épine, je le fis pour éprouver sa constance pour elle jusqu'au bout, et pour connaître s'il en était digne ; vous avez vu triompher cette constance par des épreuves qui méritent qu'il règne sur le trône d'une princesse qui règne si parfaitement dans son cœur.

J'avais dès longtemps prévu la révolution qui devait arriver en Circassie : mais en la prévoyant, il ne me fut pas permis de la prévenir : tout ce que je pus faire fut de sauver la reine ma sœur et les trois filles qui lui restaient, dans l'extrémité qui les exposait à la fureur du tyran ; et pour les dérober à sa poursuite, je leur choisis une retraite presque inconnue vers les confins du royaume.

Ce fut là que, craignant toujours la recherche

qu'on en pouvait faire, je fis un enchantement
par lequel la reine paraissait changée en corneille, dès que le hasard y conduisait quelque
étranger, et ses filles avec leurs compagnes, paraissaient changées en pies, sans qu'elles parus-
sent les unes aux autres, avoir changé de forme.

Voilà, princes, l'illusion qui vous a causé tant
de surprise, lorsque le hasard vous a conduits
l'un après l'autre où elles étaient.

Tandis que Tarare me cherchait inutilement
avec Fleur-d'Épine, je savais sous quel déguisement Dentue était arrivée ici ; je savais ses
desseins : mais je savais que sa puissance était si
bornée depuis qu'elle n'avait plus la jument et
le chapeau, qu'il me serait facile de prévenir
tous ses attentats contre sa vie.

Je livrai donc Fleur-d'Épine pour un temps,
aux cruautés qui l'attendaient à son arrivée, par
le moyen de l'impertinente sénéchale, et de l'inhumaine Dentue. Fleur-d'Épine ne devait être
qu'au plus fidèle des amants. Quelle plus grande
épreuve de sa constance, que de l'exposer à ses
yeux dans la laideur affreuse où les maléfices de
la sorcière l'avaient réduite, dans le temps que
la main de Luisante, avec le trône de Cachemire,
lui seraient offerts.

Je ne le retins pas longtemps, lorsqu'il revint

avec le chapeau lumineux et la jument, je tins pourtant parole dans le remède que j'avais promis pour les beaux yeux qui causaient tant de ravages : mais quoique Tarare retournât auprès de sa chère Fleur-d'Épine, je savais bien que dans l'état où il la trouverait, elle aurait besoin d'un secours plus puissant que le sien.

J'employai tous les génies que mon art soumet à mes volontés, pour veiller à la sûreté de sa vie jusqu'à mon arrivée, résolue de le suivre de bien près ; je différai mon départ jusqu'à la dernière extrémité, et je pensai m'en repentir : car dans le moment que je venais de monter sur Sonante, le plus agréable et le plus désiré des obstacles vint s'opposer à mon départ.

Trois courriers de Circassie arrivèrent à une heure l'un de l'autre, qui m'apportèrent les nouvelles surprenantes du rétablissement de ma sœur.

Le premier m'apprit que l'usurpateur avait péri par un soulèvement aussi soudain, que la révolution qui l'avait placé sur le trône. L'autre confirma cette nouvelle, et ajouta que la populace émue n'avait pas même épargné sa pauvre bossue de fille.

Le dernier enfin, me fit un ample détail des acclamations, de l'allégresse, et des transports d'impatience dont la reine et ses filles étaient

attendues dans la capitale de Circassie, et ce
dernier courrier m'était dépêché par elle-même,
au-devant de laquelle le conseil et les grands du
royaume étaient allés.

Ainsi, seigneur, Tarare n'est pas si mal marié
que vous l'avez cru ; car quelque empressement
que Fleur-d'Épine ait de voir régner un homme
que l'amour parfait et l'inviolable fidélité en rendent digne, elle trouvera ses états paisibles à son
arrivée, sa mère et ses sœurs moins tranquilles
par l'impatience de recevoir une fille et une sou-
veraine qu'elles avaient crue perdue ; et tout le
peuple, à son ordinaire, avide de changement,
n'aura pas de peine à combler de souhaits et de
bénédictions une reine faite comme Fleur-d'Épine.

Le récit de Serène ne fut pas plutôt fini, que
le Calife s'étant embarrassé dans quelques com-
pliments à Serène, et quelques excuses à Fleur-
d'Épine, on vint l'en dégager, en lui disant qu'on
avait servi.

L'aurore était arrivée longtemps avant la fin
de ce conte ; mais Dinarzade s'était moquée de
son éclat naissant, et le sultan, moins pressé
cette fois de prendre sa place au conseil, avait
trouvé bon que le conseil se levât avant lui.

MÉMOIRES

DU CHEVALIER

DE GRAMMONT

FRAGMENTS CHOISIS

Préambule d'Hamilton

Comme ceux qui ne lisent que pour se divertir me paraissent plus raisonnables que ceux qui n'ouvrent un livre que pour y chercher des défauts, je déclare que, sans me mettre en peine de la sévère érudition de ces derniers, je n'écris que pour l'amusement des autres.

Je déclare de plus que l'ordre des temps, ou la disposition des faits, qui coûtent plus à l'écrivain qu'ils ne divertissent le lecteur, ne m'embarrasseront guère dans l'arrangement de ces Mémoires.

Dans le dessein de donner une idée de celui pour qui j'écris, les choses qui le distinguent auront place dans ces fragments selon qu'elles s'offriront à mon imagination, sans égard à leur rang.

Qu'importe, après tout, par où l'on commence un portrait, pourvu que l'assemblage des parties forme un tout qui rende parfaitement l'original ? Le fameux Plutarque, qui traite ses héros comme ses lecteurs, commence la vie des uns comme bon lui semble, et promène l'attention des autres sur de curieuses antiquités, ou d'agréables traités d'érudition, qui n'ont pas toujours rapport à son sujet.

Démétrius, le preneur de villes, n'était pas, à beaucoup près, si grand que son père Antigonus, à ce qu'il nous dit ; en récompense, il nous apprend que son père Antigonus n'était que son oncle ; mais tout cela n'est qu'après avoir commencé sa vie par un abrégé de sa mort, par un sommaire de ses divers exploits, de ses bonnes et de ses mauvaises qualités, où il fait entrer le pauvre Marc-Antoine, par compassion pour toutes ses faiblesses.

Dans la vie de Numa Pompilius, il entre en matière par une dissertation sur son précepteur Pythagore : et, comme il croit qu'on est fort en peine de savoir si c'est l'ancien philosophe, ou bien un certain Pythagore qui, après avoir gagné le prix de la course aux jeux olympiques, vint à toutes jambes trouver Numa, pour lui enseigner la philosophie et lui aider à gouverner son royaume, il se tourmente beaucoup pour éclaircir cette difficulté, qu'il laisse enfin là.

Ce que j'en dis n'est pas pour reprocher quelque chose à l'historien de toute l'antiquité auquel on doit le plus; c'est seulement pour autoriser la manière dont j'écris une vie plus extraordinaire que toutes celles qu'il nous a laissées.

Il est question de représenter un homme dont le caractère inimitable efface des défauts qu'on ne prétend point déguiser; un homme illustre par un mélange de vices et de vertus qui semblent se soutenir dans un enchaînement nécessaire, rares dans leur parfait accord, brillantes par leur opposition.

C'est ce relief incompréhensible qui, dans la guerre, l'amour, le jeu et les divers états d'une longue vie, a rendu le comte de Grammont l'admiration de son siècle. C'est par là qu'il a fait les délices de tous les pays où il a promené ses agréments et son inconstance; de ceux où la viva. cité de son esprit a répandu de ces mots heureux qu'une approbation universelle transmet à la postérité; de tous les endroits enrichis des profusions de sa magnificence; et de ceux enfin où il a conservé la liberté de son jugement dans les périls les plus pressants, tandis que le badinage de son humeur, au milieu des dangers les plus sérieux de la guerre, marquait une fermeté qui n'appartient pas à tout le monde.

Je ne ferai point son portrait. A l'égard de sa figure, Bussy et Saint-Evremond, auteurs plus agréables que fidèles, en ont écrit. Le premier a peint le chevalier de Grammont artificieux, volage, et même un peu perfide en amour, infatigable et cruel sur la jalousie. Saint-Evremond s'est servi d'autres couleurs pour exprimer le génie, et pour tracer en général les manières du comte : mais l'un et l'autre s'est fait plus d'honneur dans ces différentes peintures qu'il n'a rendu de justice à son héros.

C'est donc lui-même qu'il faut écouter dans ces récits agréables de siéges et de batailles où il s'est distingué à la suite d'un autre héros : et c'est lui qu'il faut croire dans des événements moins glorieux de sa vie, quand la sincérité dont il étale son adresse, sa vivacité, ses supercheries et les divers stratagèmes dont il s'est servi, soit en amour, soit au jeu, exprime naturellement son caractère.

C'est lui-même, dis-je, qu'il faut écouter dans cet écrit, puisque je ne fais que tenir la plume à mesure qu'il me dicte les particularités les plus singulières et les moins connues de sa vie.

Arrivée du chevalier de Grammont au siége de Trin : son genre de vie.

En ce temps là, il n'en allait pas en France comme à présent : Louis XIII régnait encore, et le cardinal de Richelieu gouvernait le royaume. De grands hommes commandaient de petites armées, et ces armées faisaient de grandes choses. La fortune des grands de la cour dépendait de la faveur du ministre ; les établissements n'y étaient solides qu'à mesure qu'on lui était dévoué. De vastes projets jetaient au cœur des états voisins les fondements de cette grandeur redoutable où l'on voit celui-ci. La police était un peu négligée. Les grands chemins étaient impraticables de jour, et les rues durant la nuit ; mais on volait encore plus impunément ailleurs. La jeunesse, en entrant dans le monde, prenait le parti que bon lui semblait. Qui voulait, se faisait chevalier : abbé, qui pouvait : j'entends, *abbé à bénéfice*. L'habit ne distinguait point le chevalier de l'abbé ; et je crois que le chevalier de Grammont était l'un et l'autre au siége de Trin. Ce fut sa première campagne, et il y porta ces dispositions heureuses qui préviennent favorablement, et qui font qu'on n'a besoin ni d'amis pour être introduit, ni de recommandations pour être agréablement reçu partout.

Le siége était formé quand il arriva. Cela lui épargna quelques témérités; car un volontaire ne dort pas en repos s'il n'a essuyé les premiers coups qu'on tire. Il alla donc reconnaître les généraux, n'y ayant plus rien à faire à l'égard de la place sur cet article. Le prince Thomas commandait l'armée; et, comme la charge de lieutenant-général n'était pas encore connue, du Plessis-Praslin et le fameux vicomte de Turenne étaient ses maréchaux de camp.

On portait quelque respect aux places de guerre, avant qu'une puissance, à laquelle rien ne peut résister, eût trouvé moyen de les abîmer par une grêle affreuse de bombes, et par le ravage de cent pièces de canon en batterie. Avant ces furieux orages, qui réduisent le gouverneur aux souterrains, et la garnison en poudre, de fréquentes sorties vivement repoussées, de vigoureuses attaques vaillamment soutenues, signalaient l'art des assiégeants et le courage des assiégés; et par conséquent les siéges étaient d'une longueur raisonnable, et les jeunes gens avaient le temps d'y apprendre quelque chose.

Il y eut de belles actions de part et d'autre dans celui de Trin. On y essuya des fatigues, on souffrit des pertes; mais on ne s'ennuya plus dans l'armée depuis que le chevalier de Gram-

mont y fut : plus de fatigue dans la tranchée,
plus de sérieux chez les généraux, plus d'ennui
dans les troupes depuis son arrivée. Il cherchait
et portait partout la joie.

Parmi les officiers de l'armée, comme partout
ailleurs, on voyait des gens de mérite, ou des
gens qui en voulaient avoir. Les derniers imi-
taient le chevalier de Grammont dans les choses
qui le faisaient briller, et n'y réussissaient pas ;
les autres admiraient ses talents, et recherchaient
son amitié. Matta fut de ce nombre. Plein de
franchise et de probité dans toutes ses manières,
Matta était agréable par sa figure, plus encore
par le caractère de son esprit : il l'avait simple et
naturel ; mais le discernement et la délicatesse des
plus fins et des plus déliés. Le chevalier de Grammont ne fut pas longtemps à démêler les qualités
qui le distinguaient. Ainsi la connaissance fut
bientôt faite, et l'amitié bientôt liée entre eux.

Matta voulut absolument que le chevalier de
Grammont vînt s'établir chez lui. Il n'y consentit qu'à condition qu'il partagerait la dépense.
Comme ils avaient l'humeur libérale et magnifique, ce fut à frais communs qu'ils donnèrent les
repas les mieux entendus et les plus délicats
qu'on eût encore vus. Le jeu rendait à merveille
dans les commencements, et le chevalier ren-

8.

dait en cent façons ce qu'il ne prenait que d'une seule.

Les généraux, tour à tour régalés, admirèrent leur magnificence, et voulurent mal à leurs officiers de ce qu'ils n'étaient pas si bien servis. Le chevalier avait le don de faire valoir les choses les plus communes ; et son esprit était tellement à la mode, que c'était se déshonorer que de ne se pas soumettre à son goût. Matta lui laissait le soin de louer la table et d'en faire les honneurs ; et, charmé d'un applaudissement universel, il se persuada qu'il n'y avait rien de si beau que de vivre comme ils faisaient, et rien de plus aisé que de continuer ; mais il s'aperçut bientôt que les plus grandes prospérités ne sont pas les plus durables.

Une grosse chère, une petite économie, des domestiques infidèles, une fortune ennemie ; tout cela s'unissant pour déranger le ménage, la table s'allait réformer tout doucement d'elle-même, quand le génie du chevalier, fertile en ressources, entreprit de soutenir son premier honneur par l'expédient qu'on va voir.

Ils ne s'étaient point parlé de l'état de leurs affaires, quoique celui qui en avait le soin les en eût séparément avertis, prêt à recevoir de l'argent pour continuer la dépense, ou à rendre

ses comptes pour le passé. Un jour que le chevalier de Grammont était revenu plus tôt qu'à
l'ordinaire, il trouva Matta tranquillement en-
dormi dans un fauteuil ; et, ne voulant pas interrompre son repos, il se mit à rêver à son
projet. Matta s'éveilla sans qu'il s'en aperçût ; et,
ayant quelque temps admiré la contemplation où
il paraissait enseveli, et ce profond silence entre
deux hommes qui ne l'avaient jamais gardé un
moment ensemble, il le rompit par un soudain
éclat de rire, qui ne fit qu'augmenter à mesure
que l'autre le regardait. Voilà, dit le chevalier,
un réveil assez gai et assez bouffon ; et à qui en
as-tu donc ? ou si c'est aux anges que tu ris ?
Ma foi, chevalier, dit Matta, je ris d'un songe
que je viens de faire, si naturel et si plaisant,
qu'il faut que je t'en fasse rire aussi. Je rêvais
que nous avions renvoyé M. le maître-d'hôtel,
M. le chef de cuisine, et M. notre officier; résolus, pour le reste de la campagne, d'aller manger
chez les autres, comme les autres étaient venus
manger chez nous. Voilà mon songe ; et toi, chevalier, à quoi rêvais-tu ?

Pauvre esprit ! dit le chevalier en haussant les
épaules, te voilà d'abord sur le côté; te voilà
dans la consternation et l'humilité, pour quelques mauvais propos que le maître d'hôtel t'aura

tenus comme à moi. Quoi ! après la figure que nous avons faite, à la barbe des grands et des étrangers de l'armée, quitter la partie comme des sots, et plier bagage comme des croquants au premier épuisement de finance ! Tu n'as point de sentiments. Où est l'honneur de la France ? Et où est l'argent ? dit Matta ; car mes gens se donnent au diable qu'il n'y a pas dix écus dans la maison ; et je crois que les tiens ne t'en gardent guère davantage ; car il y a plus de huit jours que je ne t'ai vu ni tirer ta bourse ni compter ton argent : amusement qui t'occupait beaucoup en prospérité.

Je conviens de tout cela, dit le chevalier ; mais je veux te faire convenir que tu n'es qu'une poule mouillée dans cette occasion. Et que serait-ce de toi, si tu te voyais dans l'état où je me suis trouvé à Lyon, quatre jours avant d'arriver ici ? Je t'en veux faire le récit.

Son éducation et ses aventures avant son arrivée à ce siége.

Voici, dit Matta, qui sent bien le roman, hors qu'il faudrait que ce fût ton écuyer qui me contât ton histoire.... C'est l'ordre, dit le chevalier : cependant je pourrai te parler de mes premiers

exploits sans blesser ma modestie : outre que
mon écuyer a l'accent un peu burlesque pour
un récit héroïque.

Tu sauras donc qu'en arrivant à Lyon... Est-ce
comme cela qu'on commence ? dit Matta. Prends
ton histoire d'un peu plus loin ; les moindres
particularités d'une vie comme la tienne méritent
d'être contées ; mais surtout de la manière dont
tu saluas le cardinal de Richelieu la première
fois : on m'en a fait rire. Au reste, je te dispense
de me parler des gentillesses de ton enfance, de
la généalogie, du nom et de la qualité de tes
ancêtres ; car tu n'en sais pas un mot.

Ah ! que tu fais le mauvais plaisant ! Tu crois
que tout le monde est de ton ignorance ; tu t'i-
magines donc que je ne connais pas les Ménodau-
res, ni les Corizandes, moi ! Je ne sais peut-être
pas qu'il n'a tenu qu'à mon père d'être fils de Henri
IV ! Le roi voulait à toute force le reconnaître,
et jamais ce traître d'homme ne voulut y consentir. Vois un peu ce que ce serait que les Grammont sans ce beau travers ! Ils auraient le pas
devant les César de Vendôme. Tu as beau rire,
c'est l'évangile. Mais venons à notre fait.

On me mit au collége de Pau, dans la vue de
me faire d'église ; mais, comme j'avais bien d'autres vues, je n'avais garde d'y profiter : j'avais

tellement le jeu dans la tête, que le précepteur
et les régents perdaient leur latin en me le voulant apprendre. Le vieux Brinon, qui me servait
de valet de chambre et de gouverneur, avait beau
me menacer de ma mère, je n'étudiais que quand
il me plaisait, c'est-à-dire presque jamais. Cependant on me traitait en écolier de ma qualité; j'eus
toutes les dignités de la classe sans les avoir
méritées, et je sortis du collége à peu près comme j'y étais entré. On trouva que j'en savais encore de reste pour l'abbaye que mon frère avait
demandé pour moi.

Il venait d'épouser la nièce d'un ministre devant qui tous les genoux fléchissaient; il voulut
me présenter à lui. J'eus peu de peine à quitter
mon pays, et beaucoup d'impatience d'arriver à
Paris. Mon frère, m'ayant tenu quelque temps
auprès de lui pour me dégourdir, me lâcha par
a ville pour perdre l'air de la campagne et trouver celui du monde. Je l'attrapai si bien, que je
ne voulus plus m'en défaire quand il fut question
de me présenter à la cour en équipage d'abbé :
tu sais comme on se mettait alors. Tout ce qu'on
obtint de moi fut de mettre une soutane par dessus mes habits ; et mon frère, mourant de rire
de mon habillement ecclésiastique, voulut en
faire rire les autres. J'avais la plus belle tête du

monde, bien poudrée et bien frisée, par dessus
ma soutane, et par dessous, des bottines blanches
et des éperons dorés. Le cardinal, qui avait l'esprit pénétrant, n'avait garde de rire. Cette élévation de sentiment lui donna de l'ombrage ; il
jugea de ce que serait un génie qui, à cet âge,
se moquait de la tonsure, et méprisait le petit
collet.

Quand mon frère m'eut remené chez lui : Or
çà, notre petit cadet, me dit-il, cela s'est passé
à merveille, et votre ajustement, mi-parti de Rome et d'épée, a beaucoup réjoui la cour ; mais ce
n'est pas tout : il faut opter, mon petit cavalier.
Voyez donc si, vous en tenant à l'église, vous
voulez posséder de grands biens et ne rien faire :
ou, avec une petite légitime, vous faire casser
bras et jambes, pour être le *fructus belli* d'une
cour insensible, et parvenir, sur la fin de vos
jours, à la dignité de maréchal de camp avec un
œil de verre et une jambe de bois ?

Je sais, lui dis-je, qu'il n'y a aucune comparaison entre ces deux états pour la commodité
de la vie ; mais, comme il faut chercher son salut
préférablement à tout, je suis résolu de renoncer
à l'église pour tâcher de me sauver, à condition
néanmoins que je garderai mon abbaye.

Les remontrances et l'autorité de mon frère

furent inutiles pour m'en détourner, et il fallut bien me passer ce dernier article pour m'entretenir à l'académie.

Tu sais que je suis le plus adroit homme de France ; ainsi j'eus bientôt appris tout ce qu'on y montre ; et, chemin faisant, j'appris encore ce qui perfectionne la jeunesse et rend honnête homme ; car j'appris encore toutes sortes de jeux aux cartes et aux dés. La vérité est que je m'y crus d'abord beaucoup plus savant que je ne l'étais, comme je l'ai éprouvé dans la suite.

Ma mère, qui sut le parti que je prenais, pleura la profession que j'avais quittée, et ne put se consoler de celle que j'avais prise. Elle avait compté que, dans l'église, je serais un saint ; elle compta que je serais un diable dans le monde, ou tué à la guerre. Je mourais d'envie d'y aller ; mais, comme j'étais encore trop jeune, il fallut faire une campagne à Bidache avant que d'en faire une à l'armée.

Quand je fus de retour auprès de ma mère, j'avais tellement l'air de la cour et du monde, qu'elle eut du respect pour moi, au lieu de me gronder de mon entêtement pour les armes. J'étais son idole ; et, me trouvant inébranlable, elle ne songea qu'à me garder le plus qu'elle pourrait, en attendant qu'on fît mon petit équipage.

Le fidèle Brinon, qui me fut donné pour valet de chambre, devait encore faire la charge de gouverneur et d'écuyer, parce que c'est peut-être le Gascon unique qu'on verra jamais sérieux et rébarbatif au point où il l'est. Il répondit de ma conduite sur la bienséance et la morale, et promit à ma mère qu'il rendrait bon compte de ma personne dans les dangers de la guerre. J'espère qu'il tiendra mieux sa parole à l'égard de ce dernier article qu'il n'a fait sur les autres.

On fit partir mon équipage huit jours avant moi ; c'était toujours autant de temps que ma mère gagnait pour me faire des exhortations. Enfin, après m'avoir bien conjuré d'avoir la crainte de Dieu devant les yeux et l'amour du prochain en recommandation, elle me laissa partir sous la garde du Seigneur et du sage Brinon.

Dès la seconde poste nous prîmes querelle. On lui avait mis quatre cents pistoles entre les mains pour ma campagne : je les voulus avoir ; il s'y opposa fortement. Vieux faquin, lui dis-je, est-ce à toi cet argent, ou si on te l'a donné pour moi ? A ton avis, il me faudrait un trésorier pour ne payer que par ordonnances. Je ne sais si ce fut par pressentiment qu'il s'attrista ; mais ce fut avec des convulsions extrêmes qu'il se vit contraint de céder : on eût dit que je lui arrachais le cœur.

9

Je me sentis plus léger et plus gai depuis le
dépôt dont je l'avais soulagé ; lui, au contraire,
parut si accablé, qu'on eût dit que je lui avais
mis quatre cents livres de plomb sur le dos en
lui ôtant ces quatre cents pistoles. Il fallut fouet-
ter son cheval moi-même, tant il allait pesam-
ment. Et se retournant de temps en temps : M. le
chevalier, me disait-il, ce n'est pas ainsi que
madame l'entend. Ses réflexions et ses douleurs
se renouvelaient à chaque poste ; car, au lieu de
donner dix sous au postillon, j'en donnais trente.

Nous arrivâmes enfin à Lyon. Deux soldats
nous arrêtèrent à la porte de la ville pour nous
mener chez le gouverneur : j'en pris un pour me
conduire à la meilleure hôtellerie, et mis Brinon
entre les mains de l'autre, pour aller rendre
compte au commandant de mon voyage et de
mes desseins.

Il y a d'aussi bons traiteurs à Lyon qu'à Paris ;
mais mon soldat, selon la coutume, me mena
chez un de ses amis, dont il me vanta la maison, comme le lieu de la ville où l'on faisait la
chère la plus délicate, et où l'on trouvait la meilleure compagnie. L'hôte de ce palais était gros
comme un muid : il s'appelait Cerise. Il était
Suisse de nation, empoisonneur de profession,
et voleur par habitude. Il me mit dans une cham-

bre assez propre, et me demanda si je voulais
manger en compagnie, ou seul. Je voulus être de
l'auberge, à cause du beau monde que le soldat
m'avait promis dans cette maison.

Brinon, que les questions du gouverneur
avaient impatienté, revint plus renfrogné qu'un
vieux singe ; et voyant que je me peignais un
peu pour descendre : Hé ! que voulez-vous donc,
monsieur ? me dit-il. Aller trotter par la ville ?
Non pas. N'est-ce pas assez trotté depuis le
matin ? Mangez un morceau, et couchez-vous à
bonne heure, pour être du matin à cheval à la
pointe du jour. Monsieur le contrôleur, lui dis-je,
je ne veux ni trotter par la ville, ni manger seul,
ni me coucher à bonne heure. Je veux souper
en compagnie là-bas. En pleine auberge ? s'écria-
t-il. Hé ! monsieur, vous n'y songez pas. Je me
donne au diable, s'ils ne sont une douzaine de
baragouineurs à jouer cartes et dés, qu'on n'en-
tendrait pas Dieu tonner.

J'étais devenu insolent depuis que je m'étais
emparé de l'argent ; et voulant commencer à me
soustraire de la domination de mon gouverneur :
Savez-vous bien, monsieur Brinon, lui dis-je, que
je n'aime pas qu'un sot fasse le raisonneur ? Allez-
vous-en souper, s'il vous plaît, et que j'aie ici des
chevaux de poste avant le jour.

J'avais senti pétiller mon argent au moment qu'il avait lâché le mot de cartes et dés. Je fus un peu surpris de trouver la salle où l'on mangeait remplie de figures extraordinaires. Mon hôte, après m'avoir présenté, m'assura qu'il n'y avait que dix-huit ou vingt de ces messieurs qui auraient l'honneur de manger avec moi. Je m'approchai d'une table où l'on jouait, et je faillis à mourir de rire. Je m'étais attendu à voir bonne compagnie et gros jeu ; et c'étaient deux Allemands qui jouaient au trictrac. Jamais chevaux de carrosse n'ont joué comme ils faisaient ; mais leur figure surtout passait l'imagination. Celui auprès de qui j'étais était un petit ragot, grassouillet et rond comme une boule. Il avait une fraise avec un chapeau pointu, haut d'une aune. Non, il n'y a personne qui, d'un peu loin, ne l'eût pris pour le dôme de quelque église avec un clocher dessus. Je demandai à l'hôte ce que c'était. Un marchand de Bâle, me dit-il, qui vient vendre ici des chevaux : mais je crois qu'il n'en vendra guère de la manière qu'il s'y prend ; car il ne fait que jouer. Joue-t-il gros jeu ? lui dis-je. Non pas à présent, dit-il ; ce n'est que pour leur écot, en attendant le souper ; mais, quand on peut tenir le petit marchand en particulier, il joue beau jeu. A-t-il de l'argent ? lui dis-je. Oh, ho ! dit le

perfide Cerise, plût à Dieu que vous lui eussiez
gagné mille pistoles et en être de moitié ! nous
ne serions pas longtemps à les attendre.

Il ne m'en fallut pas davantage pour méditer
la ruine du chapeau pointu. Je me remis auprès
de lui pour l'étudier : il jouait tout de travers ;
écoles sur écoles, Dieu sait ! Je commençais à
me sentir quelques remords sur l'argent que je
devais gagner à une petite citrouille qui en savait
si peu. Il perdit son écot; on servit, et je le fis
mettre auprès de moi. C'était une table de réfec-
toire, où nous étions pour le moins vingt-cinq,
malgré la promesse de mon hôte.

Le plus maudit repas du monde fini, toute
cette cohue se dispersa, je ne sais comment, à
la réserve du petit Suisse, qui se tint auprès de
moi, et de l'hôte qui se vint mettre de l'autre
côté. Ils fumaient comme des dragons, et le
Suisse me disait de temps en temps : *Demande
pardon à monsieur de la liberté grande ;* et là-
dessus m'envoyait des bouffées de tabac à m'é-
touffer. M. Cerise, de l'autre côté, me *demanda
la liberté de me demander* si j'avais jamais été
dans son pays, et parut surpris de me voir assez
bon air sans avoir voyagé en Suisse.

Le petit ragot à qui j'avais affaire était aussi
questionneur que l'autre. Il me demanda si je

venais de l'armée du Piémont ; et lui ayant dit
que j'y allais, il me demanda si je voulais acheter des chevaux ; qu'il en avait bien deux cents,
dont il me ferait bon marché. Je commençais à
être enfumé comme un jambon ; et, m'ennuyant
du tabac et des questions, je proposai à mon
homme de jouer une petite pistole au trictrac,
en attendant que nos gens eussent soupé. Ce ne
fut pas sans beaucoup de façons qu'il y consentit, en me demandant pardon de la *liberté
grande*.

Je lui gagnai partie, revanche et le tout dans
un clin d'œil ; car il se troublait, et se laissait
enfiler, que c'était une bénédiction. Brinon
arriva, sur la fin de la troisième partie, pour
me mener coucher. Il fit un grand signe de croix,
et n'eut aucun égard à tous ceux que je lui faisais de sortir : il fallut me lever pour lui en aller
donner l'ordre en particulier. Il commença par
me faire des réprimandes de ce que je m'enca-
naillais avec un vilain monstre comme cela.
J'eus beau lui dire que c'était un gros marchand
qui avait force argent, et qui ne jouait non plus
qu'un enfant : Lui, marchand ! s'écria-t-il ; ne
vous y fiez pas, M. le chevalier : je me donne au
diable, si ce n'est quelque sorcier. Tais-toi, vieux
fou, lui dis-je, il n'est non plus sorcier que toi,

c'est tout dire ; et pour te le montrer, je lui veux gagner quatre ou cinq cents pistoles avant de me coucher. En disant cela, je le mis dehors, avec défense de rentrer ou de nous interrompre.

Le jeu fini, le petit Suisse déboutonna son haut-de-chausse, pour tirer un beau quadruple d'un de ses goussets, et, me le présentant, il me demanda pardon de la *liberté grande*, et voulut se retirer. Ce n'était pas mon compte. Je lui dis que nous ne jouions que pour nous amuser ; que je ne voulais point de son argent ; et que, s'il voulait, je lui jouerais ses quatre pistoles dans un tour unique. Il en fit quelque difficulté ; mais il se rendit à la fin, et les regagna. J'en fus piqué : j'en rejouai une autre ; la chance tourna, le dé lui devint favorable, les écoles cessèrent ; je perdis partie, revanche et le tout : les moitiés suivirent, le tout en fut. J'étais piqué, lui, beau joueur ; il ne me refusa rien, et me gagna tout, sans que j'eusse pris six trous en huit ou dix parties. Je lui demandai encore un tour pour cent pistoles ; mais, comme il vit que je ne mettais pas au jeu, il me dit qu'il était tard ; qu'il fallait qu'il allât voir ses chevaux, et se retira, me demandant pardon de la *liberté grande*.

Le sang froid dont il me refusa, et la politesse dont il me fit la révérence, me piquèrent telle-

ment, que je fus tenté de le tuer. Je fus si trou-
blé de la rapidité dont je venais de perdre jusqu'à
la dernière pistole, que je ne fis pas d'abord
toutes les réflexions qu'il y a à faire sur l'état où
j'étais réduit.

Je n'osais remonter dans ma chambre, de peur
de Brinon. Par bonheur, s'étant ennuyé de m'attendre, il s'était couché. Ce fut quelque consolation; mais elle ne dura pas. Dès que je fus au
lit, tout ce qu'il y avait de funeste dans mon
aventure se présenta à mon imagination. Je n'eus
garde de m'endormir. J'envisageais toute l'horreur de mon désastre sans y trouver de remède;
et j'eus beau tourner mon esprit de toutes façons,
il ne me fournit aucun expédient.

Je ne craignais rien tant que l'aube du jour:
elle arriva pourtant, et le cruel Brinon avec elle.
Il était botté jusqu'à la ceinture, et, faisant cla-
quer un maudit fouet qu'il tenait à la main :
Debout, M. le chevalier, s'écria-t-il en ouvrant
mes rideaux, les chevaux sont à la porte, et vous
dormez encore ! nous devrions avoir déjà fait
deux postes. Çà, de l'argent pour payer dans la
maison. Brinon, lui dis-je d'une voix humiliée,
fermez le rideau. Comment ! s'écria-t-il, fermez
le rideau ! Vous voulez donc faire votre campagne à Lyon ? Apparemment vous y prenez goût.

Et le gros marchand, vous l'avez dévalisé ? Non
pas ? M. le chevalier, cet argent ne vous profitera
pas. Ce malheureux a peut-être une famille ; et
c'est le pain de ses enfants qu'il a joué, et que
vous avez gagné. Cela valait-il la peine de veiller
toute la nuit ? Que dirait Madame si elle voyait
ce train ? Monsieur Brinon, lui dis-je; fermez, s'il
vous plaît, le rideau. Mais, au lieu de m'obéir, on
eût dit que le diable lui fourrait dans l'esprit ce
qu'il y avait de plus sensible et de plus piquant
dans un malheur comme le mien. Et combien ?
me disait-il : Les cinq cents ? Que fera ce pauvre
homme ? Souvenez-vous que je vous l'ai dit, M. le
chevalier; cet argent ne vous profitera pas. Est-ce
quatre cents ? trois ? deux ? Quoi ! ce ne serait
que cent pistoles ? poursuivit-il, voyant que je
branlais la tête à chaque somme qu'il avait nom-
mée. Il n'y a pas grand mal à cela ; cent pistoles
ne le ruineront pas, pourvu que vous les ayez
bien gagnées. Brinon, mon ami, lui dis-je avec
un grand soupir, fermez le rideau, je suis indigne de voir le jour.

Brinon tressaillit à ces tristes paroles ; mais il
pensa s'évanouir quand je lui contai mon aventure. Il s'arracha les cheveux, fit des exclamations douloureuses, dont le refrain était toujours
Que dira Madame ? Et après s'être épuisé en

regrets inutiles : Çà donc, M. le chevalier, me
dit-il, que prétendez-vous devenir ? Rien, lui dis-
je, car je ne suis bon à rien. Ensuite, comme
j'étais un peu soulagé de lui avoir fait ma con-
fession, il me passa quelques projets dans la
tête, que je ne pus lui faire approuver. Je voulais qu'il allât en poste joindre mon équipage,
pour vendre quelqu'un de mes habits : je voulais
encore proposer au marchand de chevaux de lui
en acheter bien cher à crédit, pour les revendre
à bon marché. Brinon se moqua de toutes ces
propositions ; et, après avoir eu la cruauté de me
laisser longtemps tourmenter, il me tira d'affaire.
Les parents font toujours quelque vilenie à leurs
pauvres enfants : ma mère avait eu dessein de
me donner cinq cents louis ; elle en avait retenu
cinquante, tant pour quelques petites répara-
tions à l'abbaye que pour faire prier Dieu pour
moi ; Brinon était chargé de cinquante autres,
avec ordre de ne m'en point parler, que dans
quelque pressante nécessité. Elle arriva bientôt,
comme tu vois.

Voilà, pour abréger, le dénoûment de cette
première intrigue. Le jeu m'a favorisé jusqu'ici ;
car je me suis vu quinze cents louis, tous frais
faits, depuis mon arrivée. La fortune est rede-
venue mauvaise ; il la faut corriger. Notre argent
est au bas ; hé bien ! il faut y remédier.

Rien n'est plus aisé, dit Matta ; il n'y a qu'à
trouver quelque marchand de chevaux aussi
dupe que celui de Lyon. Mais, à propos, le
fidèle Brinon n'aurait-il point encore quelque
réserve pour la dernière extrémité ? La voilà,
ma foi, venue, et nous ne ferions pas mal de
nous en servir.

La plaisanterie serait de saison, lui dit le
chevalier, si tu savais où donner de la tête. Il
faut de l'esprit de reste pour en vouloir fourrer
partout, comme tu prétends faire. Que diable !
tu veux toujours badiner, sans songer que la
conjoncture est des plus sérieuses pour nous.
Écoute, je vais demain au quartier général ; je
dînerai chez le comte de Caméran, et je le prierai
de souper... Et où ? dit Matta... Ici, dit le chevalier... Tu es fou, mon pauvre ami, dit l'autre.
Voici apparemment un de ces projets de Lyon ;
tu sais que nous n'avons ni argent ni crédit ; et,
pour recommander nos affaires, tu veux donner
à souper !

Esprit bouché ! dit le chevalier, est-il possible
que, depuis le temps que nous sommes ensemble, il ne te soit pas venu le moindre brin d'imagination ? Le comte de Caméran joue au quinze,
et moi aussi ; nous avons besoin d'argent, il n'en
sait que faire ; je commanderai un excellent

repas, il le paiera. Fais-moi parler à ton maître
d'hôtel, et ne te mets en peine de rien, hormis
de quelques précautions qu'il est bon de prendre
dans une occasion comme celle-ci. Comme quoi ?
dit Matta. Voici comme quoi, dit le chevalier ;
car je vois bien qu'il te faut expliquer jusqu'aux
choses les plus claires.

Tu commandes ici les compagnies des gardes,
n'est-il pas vrai ? Dès que la nuit sera venue, tu
feras prendre les armes à quinze ou vingt soldats
commandés par La Place, ton sergent, et tu les
posteras ventre à terre entre-ci et le quartier
général... Comment, mor... ! s'écria Matta, une
embuscade ! Je crois, Dieu me pardonne, que tu
prétends voler ce pauvre Savoyard ! Si c'est là
ton dessein, je te déclare que je n'en suis pas...
Pauvre esprit ! dit le chevalier, voici le fait. Il y
a de l'apparence que nous lui gagnerons son
argent : les Piémontais, honnêtes gens d'ailleurs,
sont soupçonneux volontiers, et défiants. Celui-
ci commande la cavalerie; tu sais que tu ne saurais te taire, et tu es homme à lâcher quelque
mauvaise plaisanterie pour l'inquiéter. S'il s'allait
mettre dans la tête qu'on l'a trompé, et qu'il vînt
à s'en repentir, que sait-on ce qu'il pourrait
faire ? car il est d'ordinaire accompagné de huit
ou dix hommes à cheval. C'est pourquoi, quel-

que ressentiment que la perte lui cause, il est bon de se mettre en état de n'en avoir point le démenti.

Embrasse-moi, mon cher chevalier, dit Matta se tenant les côtés, embrasse-moi, car tu es trop merveilleux. J'étais un bon sot, moi, de croire, quand tu m'as parlé de prendre des précautions, qu'il n'y avait qu'à faire préparer une table et des cartes, ou peut-être faire provision de quelques dés de mauvaise foi. Je ne me serais jamais avisé de faire soutenir un homme qui joue au quinze par un détachement d'infanterie ; il faut avouer que tu es déjà grand homme de guerre !

Le lendemain venu, tout alla de point en point comme le chevalier de Grammont l'avait projeté : l'infortuné Caméran donna dans le piége ; on soupa le plus agréablement du monde : Matta but cinq ou six grands coups pour étouffer un reste de délicatesse qui l'inquiétait. Le chevalier de Grammont, brillant à son ordinaire, pensa faire mourir de rire un convié qu'il allait bientôt rendre très-sérieux ; et le bon Caméran mangeait comme un homme dont les affections étaient partagées entre la bonne chère et l'amour du jeu ; c'est-à-dire qu'il se hâtait de manger, pour ne rien dérober au temps précieux qu'il destinait au quinze.

Le repas fini, le sergent La Place posta son embuscade, et le chevalier de Grammont entreprit son homme. Il avait encore sur le cœur la perfidie du suisse Cerise et du chapeau pointu ; cela fit qu'il s'arma d'insensibilité contre de faibles remords et quelques scrupules qui s'élevaient dans son âme. Matta, ne voulant point être spectateur de l'hospitalité violée, se mit dans un fauteuil pour tâcher de dormir tandis qu'on couperait la gorge au pauvre Caméran.

Ils ne cavaient d'abord que trois ou quatre pistoles, comme pour badiner ; mais Caméran ayant été trois ou quatre fois de reste, il cava au plus fort, et le jeu devint plus sérieux. Il fut encore de reste, il devint orageux ; les cartes volèrent par la chambre, et les exclamations éveillèrent Matta.

Comme il avait la tête embrouillée de sommeil et chaude de vin, il se mit à rire des transports du Piémontais, et au lieu de le consoler : Ma foi, mon pauvre comte, lui dit-il, si j'étais dans votre place, je ne jouerais plus. Et pourquoi ? dit l'autre. Je ne sais, dit-il ; mais le cœur me dit que votre guignon ne changera pas. Il faut voir, dit Caméran en demandant des cartes. Voyez donc, dit Matta, et il se rendormit. Mais ce ne fut pas pour longtemps. Toutes les cartes

étaient également malheureuses pour le perdant ;
il n'y rencontrait que des lardons ; et, en dernier, il avait beau montrer quinze, cela ne servait de rien. Nouvelles exclamations. Ne vous
l'avais-je pas dit ? s'écria Matta, qui s'était ré-
veillé en sursaut. Vous avez beau tempêter ; tant
que vous jouerez, vous perdrez. Croyez-moi, les
plus courtes folies sont les meilleures : quittez,
car je me donne au diable s'il est possible que
vous gagniez. Et d'où vient ? dit Caméran, qui
commençait à s'impatienter. Voulez-vous le savoir ? dit Matta : ma foi, c'est que nous vous
trompons.

Le chevalier de Grammont, outré d'une raillerie d'autant plus mal placée, qu'elle avait quelque
air de vérité : M. Matta, lui dit-il, trouvez-vous
qu'il soit fort agréable pour un homme qui joue
aussi malheureusement que M. le Comte, de lui
rompre la tête de vos froides plaisanteries ? Pour
moi, j'en suis si ennuyé, que je quitterais dans
le moment, s'il ne perdait pas tant qu'il fait. Un
homme piqué ne craint rien tant qu'une telle
menace ; et le seigneur Caméran, se radoucissant,
lui dit qu'il n'y avait qu'à laisser parler M. Matta,
si cela ne l'offensait pas ; que pour lui, cela ne
lui faisait aucune peine.

Le chevalier de Grammont en usa bien plus

honnêtement que le Suisse de Lyon n'avait fait
à son égard; car il joua sur sa parole tant qu'il
voulut. Caméran lui en sut si bon gré, qu'il perdit jusqu'à quinze cents pistoles, et les paya dès
le lendemain. Pour Matta, il fut grondé de la
belle manière de son intempérance de langue.
Toute la raison qu'en eut celui qui le répriman-
dait, fut qu'il y avait de la conscience à laisser
tromper le pauvre Savoyard sans l'en avertir;
outre, disait-il, qu'il eût été bien aise de voir
son infanterie aux mains avec la cavalerie de Caméran, en cas qu'il eût voulu faire le mauvais.

Cette aventure les ayant remis en fonds, la
fortune se déclara pour eux pendant le reste de la
campagne; et le chevalier de Grammont, pour
faire voir qu'il ne s'était saisi des effets du comte
que par droit de représailles, et pour se dédom-
mager de la perte qu'il avait faite à Lyon, commença dès ce temps-là à faire de son argent
l'usage qu'on lui a vu faire depuis dans toutes
les occasions. Il déterrait les malheureux pour
les secourir; les officiers qui perdaient leurs
équipages à la guerre, ou leur argent au jeu; les
soldats estropiés dans la tranchée; enfin tout
éprouvait sa libéralité, mais sa manière d'obli-
ger surpassait encore ses bienfaits. Tout homme
qu'on admire par ces endroits réussit partout.

Connu des soldats, il en était adoré. Les généraux le trouvaient dans toutes les occasions où il
y avait quelque chose à faire, et le cherchaient
dans les autres. Dès qu'il vit la fortune déclarée
pour lui, son premier soin fut de faire restitu-
tion, en mettant Caméran de part avec lui dans
toutes les bonnes parties.

Un fonds inépuisable de bonne humeur et de
vivacité lui fournissait toujours quelque chose
de nouveau dans les discours et dans les actions.
Je ne sais par quelle occasion M. de Turenne
commanda sur la fin du siége un corps séparé.
Le chevalier de Grammont le fut voir dans ses
nouveaux quartiers. Il y trouva quinze ou vingt
officiers. M. de Turenne aimait naturellement la
joie; la seule présence du chevalier l'inspirait. Il
fut charmé de sa visite; et par reconnaissance, il
voulut le faire jouer. Le chevalier de Grammont
lui dit, en le remerciant, qu'il avait appris de son
précepteur que, quand on allait chez ses amis, il
n'était pas prudent d'y laisser son argent, ni honnête d'emporter le leur. Effectivement, dit M. de
Turenne, il ne trouverait ni gros jeu, ni grand
argent parmi nous; mais, afin qu'il ne soit pas
dit qu'on le laisse aller sans avoir joué, jouons
chacun un cheval.

Le chevalier de Grammont y consentit. La

fortune qui l'avait suivi dans un lieu où il n'avait
pas compté qu'il en aurait besoin lui fit gagner
quinze ou seize chevaux en badinant ; et, voyant
qu'il y avait quelques visages consternés de la
perte : Messieurs, leur dit-il, je serais fâché de
vous voir retourner à pied de chez votre général ;
il suffit que vous m'envoyiez tous vos chevaux
demain, à la réserve d'un que je donne pour les
cartes. Le valet de chambre crut qu'il se moquait.
Je vous parle sérieusement, dit le chevalier ; je
vous donne un cheval pour les cartes ; et, qui
plus est, prenez celui que vous voudrez, excepté
le mien. Effectivement, dit M. de Turenne, j'en
suis charmé, pour la nouveauté du fait; car je
ne crois pas qu'on ait vu jusqu'à présent donner
un cheval pour les cartes.

Trin se rendit enfin (1). Le Baron de Batte-
ville (2), qui l'avait vaillamment défendu, et longtemps, eut une capitulation digne de sa résistance. Je ne sais si le chevalier de Grammont eut
quelque part à la prise de cette place ; mais je
sais bien que, sous un règne plus glorieux et des

(1) Le 4 mai 1639.
(2) Cet officier, devenu ambassadeur d'Espagne en Angleterre,
blessa la cour de France par ses prétentions à la préséance sur le
comte d'Estrades, à l'entrée publique que fit à Londres l'ambassadeur de Suède; prétentions dont Louis XIV tira une satisfaction
si éclatante.

armes partout victorieuses, sa hardiesse et son adresse en ont fait prendre quelques-unes, depuis, à la vue de son maître. C'est ce qu'on verra dans la suite de ces Mémoires.

Aventures de Grammont au siége d'Arras; ses réponses au cardinal Mazarin.

L'armée d'Espagne, commandée par M. le Prince et par l'archiduc (1), assiégeait Arras. La cour s'était avancée jusqu'à Péronne. Les troupes ennemies auraient donné, par la prise de cette place, de la réputation à leur armée. Elles en avaient besoin; car celles de France étaient depuis quelque temps en possession d'avoir partout de l'avantage sur elles.

M. le Prince soutenait un parti chancelant, autant que leurs lenteurs et leurs irrésolutions ordinaires le permettaient; mais, comme aux événements de la guerre il faut agir indépendamment dans de certaines occasions qui ne se retrouvent plus lorsqu'on les laisse échapper, toute sa capacité leur était souvent inutile. L'infanterie espagnole ne s'était jamais relevée depuis la bataille de Rocroi (2); et celui qui l'a-

(1) Léopold, frère de l'empereur Ferdinand III.

(2) Cette fameuse bataille fut gagnée le 16 mai 1645, cinq jours après la mort de Louis XIII.

vait ruinée par cette victoire, en combattant contre eux, était le seul qui, combattant alors pour
eux, pût réparer le mal qu'il leur avait fait. Mais
la jalousie des chefs et la méfiance du conseil lui
liaient les mains.

Cependant Arras ne laissait pas d'être vivement attaqué. Le cardinal voyait assez la honte
qu'il y avait à laisser prendre cette place à sa
barbe et presque à la vue du roi. D'un autre
côté, c'était beaucoup hasarder que d'en tenter
le secours. M. le Prince n'était pas homme à
négliger la moindre précaution pour la sûreté de
ses lignes. Quand on les attaque sans les forcer,
on ne s'en retire pas comme on veut. Plus les
efforts sont vifs, plus le désordre est grand dans
la retraite ; et M. le Prince était l'homme du
monde qui savait le mieux profiter de ses avantages. L'armée que commandait M. de Turenne,
plus faible beaucoup que celle des ennemis, était
pourtant la seule ressource qu'on eût de ce côté-
là. Cette armée battue, la prise d'Arras n'était pas
la seule disgrâce qu'on eût à craindre.

Le génie du cardinal, heureux pour les con-
jonctures où des négociations peu sincères ti-
raient d'un mauvais pas, s'effrayait à la vue d'un
péril pressant et d'un événement décisif. Il crut
que, faisant le siége de quelque autre place, sa

prise dédommagerait de celle d'Arras; mais M. de Turenne, qui pensait tout autrement que le cardinal, prit la résolution de marcher aux ennemis, et ne lui en donna l'avis qu'après s'être mis en marche. Le courrier arriva au fort de ses inquiétudes, et redoubla ses alarmes; mais il n'y avait plus moyen de s'en dédire.

Le maréchal, dont la haute réputation lui avait acquis la confiance des troupes, n'avait pas manqué de prendre son parti devant qu'un ordre précis de la cour pût l'interdire. L'occasion était de celles où les difficultés rehaussent la gloire du succès. Quoique la capacité du général rassurât un peu la cour, on était à la veille d'un événement qui devait terminer, de manière ou d'autre, les alarmes et les espérances; et, tandis que le reste des courtisans raisonnait diversement sur ce qui devait arriver, le chevalier de Grammont se mit en tête de s'en éclairer par lui-même. Sa résolution surprit assez la cour. Ceux qui avaient autant vu d'occasions que lui semblaient dispensés de ces sortes d'empressements; mais ses amis lui en parlèrent en vain.

Le roi lui en sut bon gré. La reine n'en parut pas moins contente. Il l'assura qu'il lui rapporterait de bonnes nouvelles. Elle lui promit de l'embrasser s'il tenait parole. Le cardinal lui en

promit autant. Il ne fit pas grand cas de cette
promesse ; mais il la crut sincère, parce qu'elle
ne devait rien coûter.

Il partit à l'entrée de la nuit avec Caseau, que
M. de Turenne avait dépêché vers leurs majestés.
Le duc d'York et le marquis d'Humières commandaient sous ses ordres. Le dernier était de
jour ; et à peine paraissait-il quand le chevalier
arriva. Le duc d'York ne le reconnut pas d'abord ;
mais le marquis d'Humières, courant à lui les
bras ouverts : Je me doutais bien, dit-il, que, si
quelqu'un nous venait voir de la cour dans une
occasion comme celle-ci, ce serait le chevalier de
Grammont. Eh bien ! poursuivit-il, que fait-on à
Péronne ?... On y a grand'peur, dit le chevalier...
Et que croit-on de nous ?... On croit, poursuivit-
il, que si vous battez M. le Prince vous n'aurez
fait que votre devoir : si vous êtes battus, on
croira que vous êtes des fous et des ignorants
d'avoir tout risqué sans égard aux conséquences...
Voilà, dit le marquis d'Humières, une nouvelle
bien consolante que tu nous apportes. Veux-tu
que nous te menions au quartier de M. de Turenne pour lui en faire part, ou si tu aimes mieux
te reposer dans le mien ? car tu as couru toute la
nuit, et peut-être n'as-tu pas eu plus de repos la
précédente... Où prends-tu que le chevalier de

Grammont ait jamais eu besoin de dormir ? lui répondit-il. Fais-moi seulement donner un cheval, afin que j'aie l'honneur d'accompagner M. le duc d'York ; car apparemment il n'est en campagne de si bon matin que pour visiter quelques postes.

La garde avancée n'était qu'à la portée du canon de celle des ennemis. Dès qu'ils y furent : J'aurais envie, dit le chevalier de Grammont, de pousser jusqu'à la vedette qu'ils ont avancée sur cette hauteur. J'ai des amis et des connaissances dans leur armée, dont je voudrais bien demander des nouvelles : M. le duc d'York voudra bien me le permettre. A ces mots, il s'avança. La vedette, le voyant venir droit à son poste, se mit sur ses gardes. Le chevalier s'arrêta dès qu'il en fut à portée. La vedette répondit au signe qu'il lui fit, et en fit un autre à l'officier, qui, s'étant déjà mis en marche sur les premiers mouvements qu'il avait vu faire au chevalier, fut bientôt à lui. Voyant le chevalier de Grammont seul, il ne fit point de difficulté de le laisser approcher. Il pria cet officier de faire en sorte qu'il pût avoir des nouvelles de quelques parents qu'il avait dans leur armée, et en même temps lui demanda si le duc d'Arscot était au siége. Monsieur, lui dit-il, le voilà qui vient de mettre pied à terre sous ces

arbres que vous voyez sur la gauche de notre
grand'garde. Il n'y a qu'un moment qu'il était ici
avec le prince d'Aremberg son frère, le baron de
Limbec, et Lourigny... Pourrais-je les voir sur
parole, lui dit le chevalier... Monsieur, lui dit-il,
s'il m'était permis de quitter mon poste, j'aurais
l'honneur de vous y accompagner ; mais je vais
leur envoyer dire que M. le chevalier de Grammont souhaite de leur parler; et, après avoir
détaché un cavalier de sa garde vers eux, il
revint. Monsieur, lui dit le chevalier de Grammont, puis-je vous demander comment je suis
connu de vous ? Est-il possible, lui dit l'autre,
que M. le chevalier de Grammont ne recon-
naisse pas La Motte, qui a eu l'honneur de servir
si longtemps dans son régiment ?... Quoi ! c'est
toi, mon pauvre La Motte ! Vraiment j'ai eu tort
de ne pas te reconnaître, quoique tu sois dans
un équipage bien différent de celui où je te
vis la première fois à Bruxelles, lorsque tu mon-
trais à danser les triolets à madame la duchesse
de Guise; et j'ai peur que tes affaires ne soient
pas en aussi bon état qu'elles étaient à la campagne d'après que je t'eus donné cette compagnie
dont tu parles. Ils en étaient là quand le duc
d'Arscot, suivi de ceux dont on vient de parler,
arriva au galop. Le chevalier de Grammont fut

embrassé de toute la troupe avant que de pouvoir leur parler. Bientôt arrivèrent une infinité
d'autres connaissances, avec autant de curieux
des deux partis, qui, le voyant sur la hauteur,
s'y assemblaient avec tant d'empressement, que
les deux armées, sans dessein, sans trève et
sans supercherie, s'allaient mêler en conversation, si, par hasard, M. de Turenne ne s'en
fût aperçu de loin. Ce spectacle le surprit : il
y accourut ; et le marquis d'Humières lui conta
l'arrivée du chevalier de Grammont, qui avait
voulu parler à la vedette avant que d'aller au
quartier général : il ajouta qu'il ne comprenait
pas comment diable il avait fait pour rassembler
les deux armées autour de lui depuis un moment
qu'il les avait quittés. Effectivement, dit M. de
Turenne, voilà un homme bien extraordinaire ;
mais il est juste qu'il nous vienne un peu voir,
après avoir rendu sa première visite aux ennemis ; et, à ces mots, il fit partir un aide-de-camp
pour rappeler les officiers de son armée, et pour
dire au chevalier de Grammont l'impatience qu'il
avait de le voir.

Cette ordre arriva dans le temps qu'il en vint
un semblable aux officiers des ennemis. M. le
Prince, averti de cette paisible entrevue, n'en
avait point été surpris d'abord qu'on lui eut dit

que c'était le chevalier de Grammont. Il avait
seulement ordonné à Lussan de rappeler les
officiers, et de prier le chevalier qu'il pût lui
parler le lendemain sous ces mêmes arbres. Il
le promit, en cas que M. de Turenne le trouvât
bon, comme il n'en doutait point.

On le reçut aussi agréablement dans l'armée
du roi qu'on avait fait dans celle des ennemis.
M. de Turenne estimait sa franchise autant qu'il
était charmé de son esprit. Il lui sut bon gré
d'être le seul des courtisans qui le fût venu voir
dans une conjoncture comme celle-là. Les questions qu'il lui fit sur la cour étaient moins pour
en apprendre des nouvelles que pour se divertir
de la manière dont il lui en conterait les inquiétudes et les différentes alarmes. Le chevalier de
Grammont lui conseilla de battre les ennemis,
s'il ne voulait être chargé de l'événement d'une
entreprise qu'il voyait que le cardinal ne lui avait
pas ordonnée. M. de Turenne lui promit de faire
de son mieux pour suivre cet avis, et lui promit de
plus, qu'en cas qu'il réussît, il lui ferait tenir parole
par la reine. Il ajouta qu'il n'était pas fâché que
M. le Prince eût souhaité de lui parler. Ses mesu-
res étaient prises pour l'attaque des lignes. Il en
entretint le chevalier de Grammont en particulier, et ne lui cacha que le jour de l'exécution.

Cela fut inutile ; il avait trop vu pour ne pas juger, par ses lumières et les observations qu'il fit, que, dans le poste qu'il avait pris, la chose ne se pouvait plus différer.

Il partit le lendemain pour son rendez-vous, accompagné d'un trompette ; et, à l'endroit que M. de Lussan lui avait marqué la veille, il trouva M. le Prince. Dès qu'il eut mis pied à terre : Est-il possible, lui dit-il en l'embrassant, que ce soit le chevalier de Grammont, et que je le voie dans le parti contraire ? C'est vous-même que j'y vois, répondit le chevalier de Grammont, et je m'en rapporte à vous, monseigneur, si c'est la faute du chevalier de Grammont ou la vôtre, que nous ne soyons plus dans le même parti. Il faut l'avouer, dit M. le Prince, s'il y en a qui m'ont abandonné comme des ingrats et des misérables, tu m'as quitté, comme j'ai quitté moi-même, en honnête homme qui croit avoir raison. Mais oublions tous sujets de ressentiments, et dis-moi ce que tu viens faire ici, toi que je croyais à Péronne avec la cour ? Le voulez-vous savoir ? dit-il. Je viens, ma foi, vous sauver la vie : je vous connais, vous ne sauriez vous empêcher d'être au milieu des ennemis dans un jour d'occasion. Il ne vous faudrait qu'avoir votre cheval tué sous vous, et être pris les armes à la main, pour être traité par ce cardinal-ci comme votre oncle de Montmorency (1) le fut par l'autre. Je viens donc vous tenir un cheval tout prêt, en cas de semblable malheur, afin qu'on ne vous coupe pas la tête. Ce ne serait pas la première fois, dit M. le Prince en riant, que tu m'aurais rendu de ces services; quoique le danger alors fût moins grand qu'il pourrait l'être à présent, si j'étais pris.

De cette conversation ils tombèrent sur des discours moins sérieux. M. le Prince le questionna sur la cour, sur les dames, sur le jeu, sur l'amour; et, revenant insensiblement à la conjoncture dont il était question, le chevalier de Grammont ayant demandé des nouvelles des officiers de sa connaissance qui étaient restés auprès de lui, M. le Prince lui dit qu'il ne tiendrait qu'à lui d'aller jusqu'aux lignes, où il pourrait voir non-seulement ceux dont il demandait des nouvelles, mais la disposition des quartiers et tous les retranchements. Le chevalier de Grammont y consentit, et M. le Prince, après lui avoir tout montré, l'ayant ramené jusqu'à leur rendez-vous : Hé bien ! chevalier, quand crois-tu que nous te revoyions ? Ma foi, lui dit-il, vous venez d'en

(1) Henri, duc de Montmorency, qui fut fait prisonnier au combat de Castelnaudary, le 1er septembre 1632, et eut la tête tranchée à Toulouse dans le mois de novembre suivant.

user si galamment, que je ne veux point vous le
cacher. Tenez-vous prêt une heure avant le jour;
car vous pouvez compter que nous vous attaque-
rons demain au matin. Je ne vous en avertirais
peut-être pas si on m'en avait fait confidence;
mais, quoi qu'il en soit, fiez-vous à ma parole.
Non, tu ne te démens point, dit M. le Prince, en
l'ayant encore embrassé. Le chevalier de Grammont regagna le camp de M. de Turenne à
l'entrée de la nuit. Tout s'y disposait à l'attaque
des lignes, et ce n'était plus un secret parmi
les troupes.

Hé bien! M. le chevalier, on a été bien aise
de vous voir, lui dit M. de Turenne; et M. le
Prince vous aura fait bien des questions et des
amitiés? Il en a usé le plus civilement du monde,
lui dit le chevalier de Grammont; et, pour me
faire voir qu'il ne me prenait pas pour un
espion, il m'a mené jusqu'aux retranchements
et aux lignes, où il m'a fait voir de quoi vous
bien recevoir. Et qu'en croit-il? Il est persuadé
que vous l'attaquerez cette nuit ou demain à la
petite pointe du jour; car, vous autres grands
capitaines, poursuivit le chevalier, vous con-
naissez la manœuvre les uns des autres, que
c'est une merveille.

M. de Turenne reçut volontiers cette louange

d'un homme qui n'en donnait pas indifférem-
ment à tout le monde. Il lui communiqua la disposition des attaques, en lui témoignant qu'il
était bien aise qu'un homme qui avait vu tant
d'occasions fût témoin de celle-là, et qu'il comp-
tait pour beaucoup de l'avoir auprès de lui.
Mais, comme il crut qu'il n'avait pas trop du
reste de cette nuit pour se reposer, après avoir
passé l'autre sans dormir, il le laissa au marquis
d'Humières (1), qui lui donnait à souper, et qui
le logeait.

La journée suivante fut celle des lignes d'Arras, où M. de Turenne victorieux vit ajouter un
nouvel éclat à sa gloire, et dans laquelle le prince
de Condé, quoique vaincu, ne perdit rien de celle
qu'il avait acquise ailleurs (2).

Il y a tant de relations de cette fameuse journée, qu'il serait superflu d'en parler ici. Le
chevalier de Grammont, à qui, comme volontaire, il était permis de se trouver partout, en

(1) Louis le Crevan, maréchal de France. Il mourut en 1694.
Voltaire dit qu'il fut le premier général qui, au siége d'Arras, en
1658, fut servi à la tranchée en vaisselle d'argent, et fit mettre
sur la table des ragoûts et des entremets.

(2) Voltaire remarque que le sort de Turenne et de Condé fut
d'être toujours vainqueurs quand ils combattirent ensemble à la
tête des Français, et d'être battus quand ils commandèrent les
Espagnols. Le prince de Condé eut le même sort devant Arras.

a rendu meilleur compte que pas un autre. L'armée du roi tira de grands avantages de l'activité qui n'abandonnait le chevalier de Grammont ni en paix ni en guerre, et de sa présence d'esprit, qui lui fit porter des ordres comme venant du général, si à propos, que M. de Turenne, délicat d'ailleurs sur ces matières, l'en remercia, quand l'affaire fut finie, en présence de tous les officiers, et le chargea d'en porter la première nouvelle à la cour.

Il ne faut d'ordinaire, pour ces expéditions, que trouver les postes bien fournies, être en haleine, où s'être pourvu de relais; mais il eut bien d'autres obstacles à surmonter. En premier lieu, des partis d'ennemis répandus de tous côtés s'opposaient à son passage ; ensuite, des courtisans avides et officieux qui, dans ces occasions, se postent sur les avenues pour escamoter la nouvelle d'un pauvre courrier. Cependant son adresse le sauva des uns, et trompa les autres.

Il avait pris, pour l'escorter jusqu'à moitié chemin de Bapaume, huit ou dix maîtres, commandés par un officier de sa connaissance, persuadé que le plus grand danger serait entre le camp et la première poste. Il n'eut pas fait une lieue, qu'il en fut convaincu : et se retournant vers l'officier qui le suivait de près : Si vous n'êtes pas bien monté, dit-il, je vous conseille de regagner le camp; car moi, je vais bientôt passer à toute bride. Monsieur, lui dit l'officier, j'espère vous tenir compagnie, quelque train que vous alliez, jusqu'à ce que vous soyez en lieu de sûreté... J'en doute, lui dit-il; car voilà des messieurs qui se disposent à vous venir voir. Eh! ne voyez-vous pas, lui répondit cet officier, que ce sont de nos gens qui font repaître leurs chevaux... Non; mais je vois fort bien que ce sont des cravates de l'armée ennemie; et là-dessus, lui ayant fait remarquer qu'ils montaient à cheval, il ordonna aux cavaliers qui l'escortaient de se disperser pour faire diversion, et donna des deux vers Bapaume.

Il montait un cheval anglais fort vite; mais s'étant enfourné dans un chemin creux dont le terrain était mou et bourbeux, il eut à ses trousses messieurs les cravates, qui, jugeant que c'était quelque officier de considération, n'avaient eu garde de prendre le change, et s'étaient attachés à le poursuivre sans se mettre en peine des autres. Le mieux monté du parti commençait à l'approcher; car les chevaux anglais, qui vont vite comme le vent en terrain uni, se démêlent assez mal des mauvais chemins. Le cravate avait le mousqueton haut, et lui criait de loin bon

quartier. Le chevalier de Grammont, qui voyait
qu'on gagnait sur lui, et que, quelques efforts
que fît son cheval dans un terrain pesant, il
serait joint à la fin, quitta tout à coup le chemin
de Bapaume pour se jeter dans une chaussée à
droite, qui s'en éloignait. Dès qu'il y fut, s'ar-
rêtant, comme pour écouter la proposition du
cravate, il laissa prendre un peu d'haleine à son
cheval, tandis que l'autre, qui croyait qu'il ne
l'attendait que pour se rendre, faisait tous ses
efforts pour s'en mettre en possession, et crevait
son cheval pour arriver avant le reste de ses
compagnons, qui suivaient à la file.

Un moment de réflexion fit envisager au chevalier de Grammont la désagréable aventure que
ce serait, au sortir d'une victoire si glorieuse, et
des périls d'un combat si bien disputé, d'être
pris par des coquins qui ne s'y étaient point trou-
vés; et au lieu d'être reçu en triomphe, et d'être
embrassé d'une grande reine pour la nouvelle
importante dont il était chargé, de se voir traîné
en chemise par les vaincus.

Pendant cette courte méditation, le cravate
éternel s'était approché jusqu'à la portée de sa
carabine, qu'il présentait toujours en lui offrant
bon quartier. Mais le chevalier de Grammont, à
qui cette offre et la manière dont on la faisait

déplaisaient également, fit un petit signe de la main pour qu'on cessât de le coucher en joue; et, sentant son cheval en haleine, il baissa la main, partit comme un éclair, et laissa son cravate si étonné, qu'il ne s'avisa pas seulement de lui tirer son coup.

Dès qu'il eut gagné Bapaume, il prit des chevaux frais. Celui qui commandait dans la place avait toutes sortes d'égards pour lui. Il l'assura que personne n'avait encore passé; qu'il lui serait fidèle, et qu'il arrêterait tous ceux qui viendraient après lui, excepté les courriers de M. de Turenne.

Il ne lui restait plus qu'à se garantir de ceux qui devaient se mettre à l'affût aux environs de Péronne, pour courir d'aussi loin qu'ils le verraient, et porter sa nouvelle à la cour sans la savoir. Il savait que le maréchal du Plessis, celui de Villeroi et Gabouri s'en étaient vantés à M. le cardinal avant son départ. Ce fut donc pour éluder cette embuscade qu'il prit deux cavaliers bien montés à Bapaume; et dès qu'il fut à une lieue de la ville, après leur avoir donné à chacun deux louis d'or pour être fidèles, il leur ordonna de prendre les devants, de faire fort les effrayés, de dire à ceux qui les questionneraient que tout était perdu; que le chevalier de Grammont était resté à Bapaume, n'étant pas pressé de porter une mauvaise nouvelle, et que, pour eux, ils avaient été poursuivis par des cravates répandus partout depuis la défaite.

Tout réussit comme il l'avait projeté. Les cavaliers furent interceptés par Gabouri, dont l'empressement avait devancé les deux maréchaux ; mais quelques questions qu'on leur fît, ils jouèrent si bien leur rôle, que la consternation avait déjà gagné Péronne, et que des bruits incertains de la défaite se disaient à l'oreille parmi les courtisans, lorsque M. le chevalier de Grammont arriva.

Rien ne rehausse tant le prix d'une bonne nouvelle que la fausse alarme d'une mauvaise. Cependant, quoique la sienne fût accompagnée de ce relief, il n'y eut que leurs majestés qui la reçurent avec les transports de joie qu'elle méritait.

La reine lui tint parole de la meilleure grâce du monde. Elle l'embrassa devant tous les courtisans. Le roi n'y parut pas moins sensible ; mais le cardinal, soit pour diminuer le mérite d'une nouvelle qui demandait une récompense de quelque prix, soit par le retour de cette insolence que lui donnait la prospérité, fit semblant de ne le pas écouter d'abord ; et ayant appris

ensuite que les lignes avaient été forcées, que
l'armée d'Espagne était battue, et qu'Arras était
secouru : Et M. le Prince, dit-il, est-il pris ? Non,
dit le chevalier de Grammont. Il est donc mort ?
ajouta le cardinal. Encore moins, répondit le
chevalier de Grammont. Belle nouvelle, dit le
cardinal d'un air de mépris ; et à ces mots, il
passa dans le cabinet de la reine avec leurs majestés. Il le fit heureusement pour le chevalier de
Grammont, qui n'aurait pas manqué de lui faire
quelque réponse emportée, dans l'indignation
que lui donnaient ces deux belles questions et
la conclusion qu'il en avait tirée (1).

La cour était remplie des espions de son émi-
nence. Une foule de courtisans et de curieux
l'ayant environné selon la coutume, il fut bien
aise de dire devant les esclaves du cardinal une
partie de ce qu'il avait sur le cœur, et qu'il lui
aurait peut-être dit à lui-même. En reprenant
son air ironique : Ma foi, messieurs, dit-il, rien
n'est tel que d'avoir du zèle et de l'empressement

---

(1) On a soupçonné cette fierté de s'être démentie à l'occasion
de l'entrée du roi, dans l'année 1660. « Le chevalier de Gram-
« mont, Rouville, Bellefond et quelques autres courtisans *suivaient*
« *la maison de M. le cardinal ;* ce qui surprit tout le monde. On
« dit que c'était par flatterie ; et je m'en informerai. Le chevalier
« était tout couvert de couleur de feu, et fort brillant. »

(Voy. *Lettres de Mme de Maintenon*, tome 1, p. 32.)

pour les rois et les grands princes dans les services qu'on leur rend. Vous avez vu l'air gracieux
que sa majesté m'a fait; vous êtes témoins comme
la reine m'a tenu parole; mais pour M. le cardinal
il a reçu ma nouvelle comme s'il n'y gagnait plus
qu'il n'a fait à la mort de Pierre Mazarin (1).

Il y avait là de quoi faire évanouir des gens qui
se seraient intéressés sincèrement pour lui; et la
fortune la mieux établie eût été ruinée par une
plaisanterie beaucoup moins sensible dans d'autres temps; car il la faisait en présence de témoins qui n'attendaient que l'occasion de la pouvoir rendre dans toute sa malignité, pour se faire
un mérite de leur vigilance auprès d'un ministre
puissant et absolu. Le chevalier de Grammont en
était trop persuadé; cependant, quelque inconvé-
nient qu'il en prévît, il ne laissa pas de s'en
applaudir.

Les rapporteurs s'acquittèrent dignement de
leur devoir. Cependant l'affaire tourna tout autrement qu'ils ne l'avaient espéré. Le lendemain,
comme le chevalier de Grammont était au dîner
de leurs majestés, le cardinal y vint ; et, s'approchant de lui, comme tout le monde s'en éloignait
par respect : Chevalier, lui dit-il, la nouvelle que

(1) Pierre Mazarin, père du cardinal, était né à Palerme, qu'il
quitta pour se fixer à Rome, où il mourut en 1654.

11

vous avez apportée est bonne ; leurs majestés en
sont contentes ; et, pour vous montrer que je crois
y gagner beaucoup plus qu'à la mort de Pierre
Mazarin, si vous voulez venir dîner chez moi,
nous jouerons , car la reine vous veut donner de
quoi, et cela par-dessus le premier marché.

Voilà de quelle manière le chevalier de Grammont avait osé choquer un si puissant ministre ;
et voilà tout le ressentiment qu'en témoigna le
moins vindicatif de tous les ministres. Il y avait
véritablement quelque chose de grand à un
homme de son âge de ne respecter l'autorité des
ministres qu'autant qu'ils étaient respectables
par leur mérite. Il s'en applaudissait avec toute la
cour, et se laissait agréablement flatter d'avoir
seul osé conserver quelque espèce de liberté dans
une servitude générale. Mais ce fut peut-être l'im-
punité de cette insulte au cardinal qui lui attira
depuis quelques inconvénients sur des témérités
moins heureusement hasardées.

Voyage du Valet de Chambre Termes à Paris.

Le jour du bal venu, la cour, plus brillante
que jamais, étala toute sa magnificence dans
cette mascarade. Ceux qui la devaient composer
étaient assemblés, à la réserve du chevalier de
Grammont. On s'étonna qu'il arrivât des derniers

dans cette occasion, lui dont l'empressement
était si remarquable dans les plus frivoles ; mais
on s'étonna bien plus de le voir enfin paraître en
habit de ville, qui avait déjà paru. La chose était
monstrueuse pour la conjoncture, et nouvelle
pour lui. Vainement portait-il le plus beau point,
la perruque la plus vaste et la mieux poudrée
qu'on pût voir ; son habit, d'ailleurs magnifique,
ne convenait point à la fête.

Le roi s'en aperçut d'abord : Chevalier de
Grammont, lui dit-il, Termes n'est donc point
arrivé ?. Pardonnez-moi, sire, dit-il, Dieu merci.
Comment, Dieu merci ? dit le roi ; lui serait-il
arrivé quelque chose par les chemins ? Sire, dit
le chevalier de Grammont, voici l'histoire de mon
habit et de M. Termes, mon courrier. A ces mots,
le bal prêt à commencer fut suspendu. Tous
ceux qui devaient danser faisaient un cercle autour du chevalier de Grammont ; il poursuivit
ainsi son récit :

Il y a deux jours que ce coquin devrait être
ici, suivant mes ordres et ses serments. On peut
juger de mon impatience tout aujourd'hui, voyant
qu'il n'arrivait pas. Enfin, après l'avoir bien
maudit, il n'y a qu'une heure qu'il est arrivé,
crotté depuis la tête jusqu'aux pieds, botté jusqu'à la ceinture, fait enfin comme un excommu-

nié. Hé bien! monsieur le faquin, lui dis-je,
voilà de vos façons de faire! vous vous faites
attendre jusqu'à l'extrémité; encore est-ce un
miracle que vous soyez arrivé. Oui mor... dit-il,
c'est un miracle. Vous êtes toujours à gronder.
Je vous ai fait faire le plus bel habit du monde,
que le duc de Guise lui-même a pris la peine de
commander. Donne-le donc, bourreau! lui dis-je.
Monsieur, dit-il, si je n'ai mis douze brodeurs
après, qui n'ont fait que travailler jour et nuit,
tenez-moi pour un infâme. Je ne les ai quittés
d'un moment. — Et où est-il, traître qui ne fais
que raisonner dans le temps que je devrais être
habillé? — Je l'avais, dit-il, empaqueté, serré,
ployé, que toute la pluie du monde n'en eût point
approché. Me voilà à courir jour et nuit, et con-
naissant votre impatience, et qu'il ne faut pas
lanterner avec vous. Mais où est-il, m'écriai-je,
cet habit si bien empaqueté? Péri, monsieur, me
dit-il en joignant les mains. Comment, péri! lui
dis-je en sursaut. — Oui, péri, perdu, abimé:
que vous dirai-je de plus? — Quoi, le paquebot
a fait naufrage? lui dis-je. — Oh! vraiment, c'est
bien pis, comme vous allez voir, me répondit-il.
J'étais à une demi-lieue de Calais hier au matin,
et je voulus prendre le long de la mer pour faire
plus de diligence; mais, ma foi, l'on dit bien

vrai qu'il n'est rien tel que le grand chemin ; car je donnai tout au travers d'un sable mouvant, où j'enfonçai jusqu'au menton. Un sable mouvant auprès de Calais ! lui dis-je. Oui, monsieur, me dit-il, et si bien sable mouvant, que je me donne au diable si on me voyait autre chose que le haut de la tête quand on m'en a tiré. Pour mon cheval, il a fallu plus de quinze hommes pour l'en sortir ; mais, pour mon porte-manteau, où malheureusement j'avais mis votre habit, jamais on ne l'a pu trouver ; il faut qu'il soit pour le moins une lieue sous terre.

Voilà, sire, poursuivit le chevalier de Grammont, l'aventure et le récit que m'en a fait cet honnête homme. Je l'aurais infailliblement tué, si je n'avais eu peur de faire attendre mademoiselle d'Hamilton, et si je n'avais été pressé de vous donner avis du sable mouvant, afin que vos courriers prennent soin de l'éviter.

L'habit de Grammont retrouvé.

Mais suivons-le dans Abbeville. Le maître de la poste était son ancienne connaissance. Son hôtellerie était la mieux fournie qu'il y eût entre Calais et Paris ; et le chevalier de Grammont, en mettant pied à terre, dit à Termes qu'il avait envie d'y boire un coup en attendant que leurs chevaux fus-

sent prêts. Il était près de midi. Depuis la nuit
précédente qu'ils étaient débarqués, jusqu'à ce
moment, ils n'avaient pas mangé. Termes, louant
le Seigneur de ce que les sentiments humains l'em-
portaient cette fois sur l'inhumanité de son impatience ordinaire, le confirma tant qu'il put dans
des sentiments si raisonnables.

Ils furent surpris, en entrant dans la cuisine,
où le chevalier rendait volontiers sa première visite, de voir six broches chargées de gibier devant
le feu, et l'appareil d'un festin magnifique par
toute la cuisine. Le cœur de Termes en tressaillit. Il donna sous main ordre de déferrer quelques-
uns des chevaux pour n'être pas arraché de ce
lieu sans y repaître.

Bientôt une foule de violons et de hautbois,
suivie des galopins de la ville, entra dans la
cour. L'hôte, à qui l'on demandait raison de tant
de préparatifs, dit à M. le chevalier de Grammont que c'était pour la noce d'un gentilhomme
des plus riches des environs avec la plus belle
fille de toute la province; que le repas se faisait
chez lui ; qu'il ne tiendrait qu'à sa grandeur de
voir bientôt arriver les mariés de la paroisse,
puisque la musique était déjà venue. Il en jugea
bien ; car, à peine achevait-il de parler, que trois
grands corbillards, comblés de laquais grands

comme des Sui-ses, et chamarrés de livrées tran-
chantes, parurent dans la cour, et débarquèrent
toute la noce. Jamais on n'a vu la magnificence
campagnarde si naturellement étalée. Le clin-
quant rouillé, les passements ternis, le taffetas
rayé, de petits yeux et de grosses gorges brillaient partout.

Si le premier coup-d'œil du spectacle surprit
le chevalier de Grammont, le second n'étonna
pas moins le fidèle Termes. Le peu qui paraissait du visage de la mariée n'était pas sans éclat ;
mais on ne pouvait porter aucun jugement sur
le reste. Quatre douzaines de mouches, et dix
serpenteaux de chaque côté qu'on avait faits de
ses cheveux en dérobaient la vue ; mais ce fut le
nouvel époux qui mérita l'attention du chevalier
de Grammont.

Il était aussi ridiculement paré que les autres,
à la réserve d'un justaucorps de la plus grande
magnificence et du meilleur goût du monde. Le
chevalier de Grammont, en s'approchant de lui
pour examiner de près son habit, se mit à louer
la broderie de son justaucorps. Le marié tint cet
examen à grand honneur, et lui dit qu'il avait
acheté ce justaucorps cent cinquante louis, du
temps qu'il faisait l'amour à madame sa femme.
Vous ne l'avez donc pas fait faire ici ? lui dit le

chevalier de Grammont. Bon ! lui répondit l'autre ; je l'ai d'un marchand de Londres qui l'avait
commandé pour un mylord d'Angleterre. Le chevalier de Grammont, qui sentait le dénoûment
de l'aventure, lui demanda s'il reconnaîtrait bien
le marchand. Si je le reconnaîtrais ? Ne fus-je
pas obligé de boire avec lui toute la nuit à Calais
pour en avoir bon marché ! Termes s'était ab-
senté dès que ce justaucorps avait paru, sans
pourtant s'imaginer que ce maudit marié dût en
entretenir son maître.

L'envie de rire et l'envie de faire pendre le
seigneur Termes partagèrent quelque temps les
sentiments du chevalier de Grammont : mais
l'habitude de se laisser voler par ses domestiques, jointe à la vigilance du coupable, à qui
son maître ne pouvait reprocher d'avoir dormi
dans son service, le portèrent à la clémence ;
et, cédant aux importunités du campagnard
pour confondre son fidèle écuyer, il se mit à la
table lui trente-septième.

Quelques moments après, il dit aux gens de
la maison de faire monter un gentilhomme
nommé Termes. Il vint ; et, dès que le maître
de la fête le vit, il se leva de table, et lui ten-
dant la main : Touchez là, notre ami, lui dit-il :
vous voyez que j'ai bien conservé le justaucorps

que vous aviez tant de peine à me vendre, et que
je n'en fais pas un mauvais usage.

Termes, s'étant fait un front d'airain, fit semblant de ne le pas connaître, et se mit à le re-
pousser assez brutalement. Oh, parbleu ! lui dit
l'autre, puisqu'il m'a fallu boire avec vous pour
conclure le marché, vous me ferez raison de la
santé de madame la mariée. Le chevalier de
Grammont, qui le vit tout déconcerté malgré son
effronterie, lui dit en le regardant civilement :
Allons, monsieur le marchand de Londres, met-
tez-vous là, puisqu'on vous en prie de si bonne
grâce; nous ne sommes pas tant à table qu'il n'y
ait encore place pour un aussi honnête homme
que vous. A ces mots, trente-cinq des conviés se
mirent en mouvement pour recevoir ce nouveau
convié. Il n'y eut que le siége de l'épousée qui,
par bienséance, demeura fixe; et l'audacieux
Termes ayant bu la première honte de cet événement, s'y prenait d'une manière à boire tout le
vin de la noce si son maître ne se fût levé de
table comme on ôtait vingt-quatre potages pour
servir autant d'entrées.

Il n'y avait pas d'apparence de retenir jusqu'à
la fin du repas de noce un homme qui paraissait
si pressé : mais tout fut debout quand il sortit
de table, et tout ce qu'il put obtenir du marié,

fut que toute la nôce ne le reconduirait pas jusqu'à la porte de l'hôtellerie. Termes eût voulu
qu'ils ne l'eussent point quitté jusqu'à la fin du
voyage, tant il craignait de se trouver tête à tête
avec son maître.

Il y avait déjà quelque temps qu'ils étaient
sortis d'Abbeville, et qu'ils couraient dans un
profond silence. Termes, qui s'attendait bien à
le voir rompre dans peu de temps, n'était en
peine que de la manière : savoir si son maître
l'attaquerait par un torrent d'injures mêlées de
certaines épithètes qui pouvaient lui convenir ;
ou si, se servant de quelque outrageante ironie,
l'on emploîrait toutes les louanges qui seraient
les plus capables de le confondre. Mais voyant,
au lieu de tout cela, qu'on s'obstinait à ne lui
rien dire, il crut qu'il valait mieux prévenir la
harangue qu'on méditait que d'y laisser rêver
plus longtemps, et s'armant de toute son effronterie : Vous voilà bien en colère, monsieur, lui
dit-il, et vous croyez avoir raison. Mais je me
donne au diable si vous n'avez tort dans le fond.

Comment, traître, dans le fond ! dit le chevalier de Grammont ; c'est donc parce que je
ne te fais par rouer comme tu l'as depuis longtemps mérité ?

Voilà-t-il pas ? dit Termes. Toujours de l'em-

portement, au lieu d'entendre raison ! Oui, monsieur, je vous soutiens que ce que j'en ai fait
était pour votre bien. Et le sable mouvant n'était-
il pas pour mon service ? dit le chevalier de
Grammont. Patience, s'il vous plaît, poursuivit
l'autre. Je ne sais comment diable ce nigaud de
marié s'est rencontré chez les gens de la douane
quand on visita ma valise à Calais; mais ces
c.....-là se fourrent partout. Dès qu'il vit votre
justaucorps, il en devint amoureux. Je vis bien
dès là que c'était un sot; car il était à deux genoux devant moi pour l'acheter. Outre qu'il était
tout froissé de la valise, la sueur du cheval l'avait
tout taché par devant, et je ne sais comment
diable il a fait pour raccommoder tout cela; mais
tenez-moi pour un excommunié, si vous l'eussiez
jamais voulu mettre. Conclusion : il vous revenait à cent quarante louis; et voyant qu'on m'en
offrait cent cinquante : mon maître, dis-je, n'a
pas besoin de cette oriflamme pour se distinguer
au bal; et, quoiqu'il eût beaucoup d'argent quand
je l'ai quitté, que sais-je s'il en aura quand je le
reverrai ? Cela dépend du jeu. Bref, monsieur,
je vous en fais donner dix louis de plus qu'il ne
vous coûte; c'est un profit tout clair. Je vous en
tiendrai compte; et vous savez que je suis bon
pour cette somme. Dites à présent, en auriez-

vous eu la jambe mieux faite au bal, d'être paré
de ce diable de justaucorps qui vous aurait donné
la même mine qu'à ce marié de village à qui nous
l'avons vendu ? et cependant il faut voir comme
vous tempêtiez à Londres quand vous l'avez cru
perdu ; les beaux contes que vous avez faits au
roi du sable mouvant, et quelle chienne de mine
vous avez faite quand vous vous êtes douté que
ce pied-plat le portait à sa noce !

Que répondre à tant d'impudence ? S'il écoutait l'indignation, le rouer de coups, ou le chas-
ser, était le traitement le plus favorable que son
maître lui devait ; mais il en avait besoin pour
le reste de son voyage ; et, dès qu'il fut à Paris,
il en eut besoin pour son retour.

Relation du siége de Lérida.

M. le Prince assiégeait Lérida (1). La place
n'était rien ; mais don Grégorio Brice était quelque chose. C'était un de ces Espagnols de la
vieille roche, vaillant comme le Cid, fier comme
tous les Gusman ensemble, et plus galant que
tous les Abencerrages de Grenade. Il nous laissa

(1) Ce fut en 1647. « On l'accuse (Condé) dans quelques
« livres, de fanfaronnade, pour avoir ouvert la tranchée avec des
« violons : on ne savait pas que c'était l'usage en Espagne. »
(Voltaire, *Siècle de Louis XIV*, chap. III.)

faire les premières approches de sa place sans donner le moindre signe de vie. Le maréchal de Grammont (1), dont la maxime était qu'un gouverneur qui fait grand tintamarre d'abord, et qui brûle ses faubourgs pour faire une belle défense, la fait d'ordinaire assez mauvaise, n'augura pas bien pour nous de la politesse de Gregorio Brice. Mais M. le Prince, couvert de gloire, et fier des campagnes de Rocroi, de Norlingue et de Fribourg, pour insulter la place et le gouverneur, fit monter la première tranchée en plein jour par son régiment, à la tête duquel marchaient vingt-quatre violons, comme si c'eût été pour une noce.

La nuit venue, nous voilà tous à goguenarder, nos violons à jouer des airs tendres, et grande chère partout. Dieu sait les brocards qu'on jetait au pauvre gouverneur et à sa fraise, que nous promettions de prendre l'un et l'autre dans vingt-quatre heures. Cela se passait à la tranchée, d'où nous entendîmes un cri de mauvais augure, et qui répéta deux ou trois fois, Alerte à la muraille. Ce cri fut suivi d'une salve de canon et de mousquetterie, et cette salve d'une vigoureuse sortie, qui, après avoir culbuté la tranchée, nous mena battant jusqu'à notre grand'garde.

(1) Antoine, maréchal de France, retiré du service en 1672, et mort en 1678.

COLLECTION LITTÉRAIRE AMUSANTE

Éditée pour tous

par AMÉDÉE CHAILLOT, Imprimeur-Libraire, place du Change

A AVIGNON

1 Franc le Volume.